LUVAS E ANÉIS
e
PADRÃO DOMINANTE

Rosaleen McDonagh

LUVAS E ANÉIS
e
PADRÃO DOMINANTE

Organização e introdução
Beatriz Kopschitz Bastos

Tradução
Cristiane Bezerra do Nascimento

ILUMINURAS

Título original
Rings, Mainstream
Copyright © Rosaleen McDonagh

Copyright © *da org. e introdução*
Beatriz Kopschitz Bastos

Copyright © *desta tradução*
Cristiane Bezerra do Nascimento

Copyright © *desta edição*
Editora Iluminuras Ltda.

Capa e projeto gráfico
Eder Cardoso / Iluminuras

Imagem de capa
*Sem título,*2023, Samuel Leon

Revisão
Monika Vibeskaia
Iluminuras

Este livro segue as novas regras do Acordo Ortográfico da Língua Portuguesa.

CIP-BRASIL. CATALOGAÇÃO NA PUBLICAÇÃO
SINDICATO NACIONAL DOS EDITORES DE LIVROS, RJ
M118L

McDonagh, Rosaleen

Luvas e anéis e padrão dominante / Rosaleen McDonagh ; organização e introdução Beatriz Kopschitz Bastos ; tradução Cristiane Bezerra do Nascimento. - 1. ed. - São Paulo : Iluminuras, 2023.
138 p. ; 21 cm.

Tradução de: Rings, mainstream

ISBN 978-65-5519-208-7

1. Teatro irlandês (Literatura). 2. Pessoas com deficiência e artes cênicas. I. Bastos, Beatriz Kopschitz. II. Nascimento, Cristiane Bezerra do. III. Título.

23-85835   CDD: 828.99152
                                      CDU: 82-2(415)

Gabriela Faray Ferreira Lopes - Bibliotecária - CRB-7/6643

2023
Editora Iluminuras Ltda.
Rua Inácio Pereira da Rocha, 389
05432-011 - São Paulo - SP - Brasil
Tel./ Fax: 55 11 3031-6161
iluminuras@iluminuras.com.br
www.iluminuras.com.br

SUMÁRIO

INTRODUÇÃO

Beatriz Kopschitz Bastos

Personagens com deficiências povoam o teatro irlandês moderno e contemporâneo. Este livro integra um projeto que oferece ao leitor brasileiro uma seleção de peças irlandesas com protagonismo de pessoas com deficiências físicas, traduzidas para o português do Brasil: *O poço dos santos* (*The Well of the Saints*, 1905), de John Millington Synge; *O aleijado de Inishmaan* (*The Cripple of Inishmaan*, 1997), de Martin McDonagh; *Knocknashee, a colina das fadas* (*Knocknashee*, 2002), de Deirdre Kinahan; *Controle manual* (*Override*, 2013), de Stacey Gregg; *Luvas e anéis* (*Rings*, 2010) e *Padrão dominante* (*Mainstream*, 2016), ambas de Rosaleen McDonagh.

O projeto reflete a pesquisa orientada pela prática desenvolvida no Núcleo de Estudos Irlandeses da Universidade Federal de Santa Catarina, em associação com o Humanities Institute de University College Dublin, considerando a representatividade de pessoas com deficiências no teatro. O termo pesquisa orientada pela prática refere-se "à obra de arte como forma de pesquisa e à criação da obra como geradora de entendimentos que podem ser documentados, teorizados e generalizados" (SMITH; DEAN, 2009, p. 7, tradução nossa). O projeto contempla, assim, produções artísticas, além de pesquisa teórica, traduções, publicações e eventos acadêmicos: um ciclo de leituras realizado pela Cia Ludens, companhia de teatro dedicada ao teatro irlandês, dirigida por Domingos Nunez, em parceria com a Escola Superior de Artes Célia Helena, dirigida por Lígia Cortez, e a montagem da peça *Luvas e anéis*, de Rosaleen McDonagh, em tradução de Cristiane Bezerra do Nascimento, pela Cia Ludens, com o SESC São Paulo.

Celebrando 20 anos de fundação em 2023, a Cia Ludens exibe em seu catálogo produções de peças irlandesas traduzidas para o português, uma peça original de autoria de Nunez, ciclos de leituras, peças online, uma instalação sonora e publicações. Desde 2003, a companhia tem se apresentado em São Paulo e viajado em turnê pelo Brasil — e até para a Irlanda!

A Escola Superior de Artes Célia Helena, com mais de 45 anos de história, é reconhecida pela excelência nas artes da cena e pela formação de dramaturgos, diretores e atores para teatro, televisão, cinema e plataformas audiovisuais.

Os objetivos do projeto são: veicular peças irlandesas de excelência artística com o tema do protagonismo de pessoas com deficiências físicas, explorar as diferentes estéticas dramatúrgicas dessas peças e fomentar conexões com o contexto sociocultural do Brasil contemporâneo, contando com a participação de pessoas com deficiências na elaboração das publicações e na realização das produções, na condição de autores, tradutores, diretores, atores e equipe de criação.

A pesquisa teórica privilegiou a crítica sobre teatro e deficiência. A leitura e discussão de textos tratando do tema permitiram um olhar mais abrangente sobre o assunto, para além das peças selecionadas, que possibilitasse a formulação de objetivos específicos, gerando reflexões sobre capacidade, acessibilidade e diversidade funcional.

Kirsty Johnston, em *Disability Theatre and Modern Drama* (2016, p. 35), discute o termo *disability theatre*:

> *Disability theatre* [...] não designa um único padrão, modelo, local, uma única experiência com a deficiência, ou um único meio de produção teatral. Ao contrário, o termo emergiu em conexão com o movimento das artes e cultura que consideram a deficiência [...] na re-imaginação do termo em contextos geográficos, socioeconômicos e culturais diversos. [...] *Disability theatre* busca desestabilizar tradições de performance, primeiro e principalmente, com quem está no teatro, no palco e fora dele (tradução nossa).

No caso do teatro irlandês, Emma Creedon argumenta, no artigo "Disability, Identity, and Early Twentieth-Century Irish Drama" (2020, p. 64), que a representação da deficiência no drama do Renascimento Irlandês do início do século XX "contava tradicionalmente com estruturas de interpretação corporal limitadas a narrativas de representação", com personagens "frequentemente identificados apenas por sua deficiência" — como Homem Cego, Mendigo Manco e Billy Aleijado. Creedon nota ainda que, no período contemporâneo, há "poucos exemplos na Irlanda e, na verdade, internacionalmente, de teatros que busquem atores com deficiências para esses papéis, ou de seleção de elencos que não considerem capacidades" (tradução nossa).

Também Christian O'Reilly, dramaturgo irlandês dedicado ao tema da deficiência em grande parte de sua obra, e o ator com paralisia cerebral, Peter Kearns, em entrevista na RTE (2022), a rede nacional de rádio e TV da Irlanda, apontam para o fato de que há poucos atores profissionais com deficiências na Irlanda, pois eles não recebem treinamento nem oportunidades. A prática no teatro irlandês tem sido selecionar atores não-deficientes para papéis de personagens com deficiências, o que tem gerado debate sobre inclusão e representatividade nas artes. Pode-se ainda acrescentar que há pouco recrutamento de equipe técnica com deficiências e pouca visibilidade do trabalho de dramaturgos com deficiências.

Efetivamente, Rosaleen McDonagh (2014), em entrevista a Katie O'Reilly, comenta sua trajetória como escritora:

> Quando eu estava em Londres, nos anos 1990, assistindo muito a *Disability Arts*, a atração pelo teatro começou. De volta a Dublin, comecei a questionar onde estavam as pessoas com deficiência ou a cultura da deficiência? [...] Foi nesse ponto que comecei a escrever minhas próprias peças em silêncio. Convidava amigos para jantar, enchendo-os de comida e alegria, na esperança de que eles lessem minhas peças. Quinze anos escrevendo em silêncio (tradução de Cristiane Nascimento).

A realidade na Irlanda verifica-se também no Brasil. Assim, o projeto, como um todo, questiona e desafia tradições de dramaturgia e performance calcadas na capacidade física, e as produções se propõem a reimaginar e discutir a deficiência no teatro — "no palco e fora dele" —, em nosso próprio contexto geográfico, cultural e socioeconômico, conforme Kirsty Johnston.

Os conceitos de deficiência destilados por Petra Kupers, em *Theatre and Disability* (2017, p. 6), e as questões formuladas por ela foram diretrizes vitais para a concepção e desenvolvimento da pesquisa orientada pela prática:

— deficiência como experiência — como podemos centralizar nossa atenção na experiência de pessoas com deficiências, focalizando em o que significa ser diferente?

— deficiência em público — o que acontece quando essa diferença entra no mundo social, e o status minoritário de alguns se torna aparente?

— deficiência como narrativa — o que significa deficiência nas narrativas e palcos da história do teatro?

— deficiência como espetáculo — como pessoas com deficiências — e sem — mobilizam o status singular da deficiência como instrumento de poder? (tradução nossa).

Essas perguntas nortearam parte do trabalho de mapeamento e escolha de peças para o projeto, que busca, justamente, respondê-las. O catálogo de peças selecionadas prevê obras do chamado Renascimento Irlandês do início do século XX, do período de expansão econômica do fim do século XX — em que a Irlanda ficou conhecida como Tigre Celta —, e do século XXI, evidenciando a autoria feminina e de minorias hoje. O recorte temporal também enfatiza a participação de pessoas com deficiências na produção contemporânea e como personagens com deficiências têm sido representados desde a fundação do Abbey Theatre — o Teatro Nacional da Irlanda em Dublin —, em 1904, até o momento atual.

As peças e autores a seguir integram o projeto final.

O poço dos santos (1905), de John Millington Synge (1871-1909), em tradução de Domingos Nunez, fez parte do repertório original do Abbey Theatre. Um estudo tragicômico do conflito entre ilusão e realidade, a peça mostra um casal de idosos cegos, Martin e Mary Doul, no condado de Wicklow, cuja cegueira é temporariamente curada por um "santo" que chega ao local. Desiludido com o milagre da cura, o casal faz uma escolha inesperada. A peça é considerada um trabalho à frente de seu tempo, e o teatro de Synge é, de certa forma, reconhecido como precursor do teatro de Samuel Beckett e Martin McDonagh.

John Millington Synge foi um dos principais dramaturgos do já mencionado Renascimento Irlandês. Nascido no condado de Dublin, Synge fez várias viagens às Ilhas Aran, no remoto oeste da Irlanda, onde coletou material primário para suas peças em inglês, recorrendo a ritmos e sintaxe próprios do irlandês, forjando seu característico dialeto hiberno-inglês para o teatro. Nas palavras de Declan Kiberd (1993, p. xv), "o encantamento mortal do dialeto de Synge é a beleza que existe em tudo o que é precário ou moribundo. [...] Aqueles elementos de sintaxe e imagens trazidos de uma tradição nativa por um povo que continua a pensar em irlandês, mesmo que fale inglês" (tradução nossa). Synge privilegiou o modo tragicômico em sua obra, compondo peças seminais na formação do teatro irlandês moderno e contemporâneo, como *The Shadow of the Glen* (1903), traduzida como *A sombra do desfiladeiro*, por Oswaldino Marques, em 1956; *Riders to the Sea* (1904); *The Tinker's Wedding* (1909); e *The Playboy of the Western World* (1907), traduzida como *O prodígio do mundo ocidental*, por Millôr Fernandes, em 1968.

O aleijado de Inishmaan (1997), de Martin McDonagh (1970-), também em tradução de Domingos Nunez, se passa em 1934, em uma das três Ilhas Aran: Inishmaan. Os habitantes da ilha ficam sabendo que o diretor de cinema americano, Robert Flaherty, chegará à ilha vizinha, Inishmore, para filmar o documentário *Man of Aran*. Billy, rapaz órfão com deficiência física, chamado pelos habitantes da ilha de Aleijado Billy, decide se candidatar a figurante no filme. Billy consegue ir para Hollywood com a equipe de filmagem, mas apenas para descobrir que tudo seria bem diferente de seu sonho. Sua volta para a ilha também guarda surpresas devastadoras. Muito característicos do teatro de Martin McDonagh, elementos de violência e humor ácido destacam-se na peça.

Martin McDonagh é um premiado dramaturgo, roteirista, produtor e diretor nascido em Londres, filho de pais irlandeses. Seu material dramático, entretanto, é de inspiração irlandesa, principalmente. Suas peças mais conhecidas, de grande sucesso internacional, são as que compõem a chamada trilogia de Leenane — *The Beauty Queen of Leenane* (1996), traduzida como *A Rainha da Beleza de Leenane*, produzida no Brasil em 1999, *A Skull in Connemara* (1997) e *The Lonesome West* (1997) — e as peças da trilogia das Ilhas Aran — *The Cripple of Inishmaan* e *The Lieutenant of Inishmore* (2001). A terceira obra da trilogia de Aran foi produzida como filme em 2022: o premiado *Os Banshees de Inisherin*. Conforme já assinalado, o teatro de Martin McDonagh, considerado provocativo e controverso, caracteriza-se pelo uso de violência e crueldade física e psicológica. A exemplo de Synge, McDonagh também costuma privilegiar o tragicômico e o uso do hiberno-inglês. Para Patrick Lonergan (2012, p. xvi), a obra de McDonagh "tem atravessado fronteiras nacionais e culturais sem esforço, o que o torna um dramaturgo verdadeiramente global" (tradução nossa).

Knocknashee, a colina das fadas, de Deirdre Kinahan (1968-), em tradução de Beatriz Kopschitz Bastos e Lúcia K. X. Bastos, se passa em um lugar fictício chamado Knocknashee, no condado de Meath. Patrick Annan, artista em cadeira de rodas, Bridgid Carey, personagem em um programa de reabilitação para dependentes químicos, e Hugh Dolan, personagem com questões relacionadas à saúde mental ligadas a seu passado, encontram-se por ocasião da tradicional festividade da Véspera de Maio, em cuja noite, supostamente, um portal mítico para o mundo das fadas se abre. Patrick acredita poder passar para esse outro mundo naquela noite. Quando confrontado por Bridgid sobre seus motivos para desejar essa passagem, ele a surpreende com sua visão acerca da deficiência física. Uma das peças menos conhecidas de Deirdre Kinahan, ainda não publicada no original em inglês, *Knocknashee* trata a questão da deficiência com respeito, além de abordar tradições irlandesas, bem como outros temas caros à autora.

Deirdre Kinahan, dramaturga nascida em Dublin, é membro da Aosdána, prestigiada associação de artistas irlandeses. Kinahan emergiu na cena teatral irlandesa no início dos anos 2000 como uma voz original e marcante, com peças consideradas experimentais. Sua obra compreende temas como drogas, prostituição, saúde mental e envelhecimento, além de relações familiares marcadas por traumas e culpas, quase sempre, entretanto, "levando a uma nota positiva no fim, ou, pelo menos, que permita à plateia imaginar que alguma mudança para melhor [...] seja possível", conforme aponta Mária Kurdi (2022, p. 2, tradução nossa). Dentre suas peças mais recentes, destacam-se *Halcyon Days* (2013), *Spinning* (2014), *Rathmines Road* (2018), *Embargo* (2020) e *The Saviour* (2021). Em 2023, *An Old Song, Half Forgotten* estreou no Abbey Theatre com grande aclamação da crítica e do público.

Controle manual (2013), de Stacey Gregg, em tradução de Alinne Balduino P. Fernandes, retrata um casal de jovens, Mark e Violet, em uma época em que o uso excessivo de tecnologia para corrigir imperfeições e deficiências físicas, ou simplesmente para aprimorar habilidades físicas, tornou-se prática possível e normal. O casal, entretanto, tenta resistir a esse fenômeno e à sociedade que o aprova e facilita. Enquanto esperam o nascimento de seu primeiro filho, surgem revelações inesperadas e comprometedoras, que ameaçam seu mundo, corpos e relacionamento perfeitos. "Quando o casal começa a desvendar seus segredos, há um sentimento de tristeza, mas também de alívio, por serem capazes de finalmente exteriorizar a verdade, cada um a partir da sua perspectiva" (tradução nossa), de acordo com Melina Savi e Alinne Fernandes (2023, p. 146). Uma distopia instigante, *Controle manual* convida espectadores e leitores a refletir sobre o que significa ser humano e sobre a perfeição humana em si.

Stacey Gregg (1983-) é uma dramaturga, roteirista e diretora norte-irlandesa que atua no teatro, cinema e televisão. Sua obra levanta temas como tecnologia, robótica, pornografia, gênero e a história conturbada de sua cidade natal, Belfast. Seus filmes mais recentes incluem os longas

Ballywater (2022, roteiro) e *Here Before* (2021, roteiro e direção); os curtas *Mercy* (2018, roteiro e direção) e *Brexit Shorts: Your Ma's a Hard Brexit* (2017, roteiro). Seu trabalho para o palco mais recente compreende as peças *Scorch* (2015); *Shibolleth* (2015); *Lagan* (2011) e *Perve* (2011).

Luvas e anéis (2012), de Rosaleen McDonagh (1967-), em tradução de Cristiane Bezerra do Nascimento, tem como personagem central Norah, pugilista surda, membro da comunidade da minoria étnica dos *Travellers* — os nômades irlandeses —, que expressa seus pensamentos por meio da Língua Brasileira de Sinais. Ela divide a cena com o Pai que, não sabendo usar a linguagem da filha, se expressa por meio da fala. Construído pelos monólogos da filha e do pai, o dilema da peça está na decisão de Norah sobre seu próprio destino. O texto aborda temas como deficiência física, feminismo e inclusão social.

Padrão dominante (2016), também de Rosaleen McDonagh e em tradução de Cristiane Nascimento, retrata um grupo de amigos, da comunidade *traveller*, que cresceram em lares para pessoas com deficiências e ajudam uns aos outros em sua vida adulta. Enquanto respondem a perguntas, em frente a uma câmera, para um documentário feito por uma jornalista com deficiência, questões complexas vêm à tona. McDonagh, de acordo com Melania Terrazas (2019, p. 168), "usa a retórica da sátira, particularmente ironia, paródia e humor, para problematizar o próprio processo de escrita a fim de desconstruir ideias estagnadas sobre os *Travellers* irlandeses, com especial atenção às mulheres" (tradução nossa) e, acrescento, às pessoas com deficiências.

Rosaleen McDonagh é uma escritora pertencente à minoria étnica *traveller*, nascida com paralisia cerebral, em Sligo.

Ela também faz parte da Aosdána e, por dez anos, trabalhou no Pavee Point Traveller and Roma Centre, no programa de prevenção à violência contra a mulher, cujo conselho ainda compõe. Sua obra para o teatro e rádio, bem como sua coletânea de ensaios, *Unsettled* (2020), versa sobre feminismo, deficiência e inclusão social.

Observa-se que algumas peças e autores bastante relevantes não compõem o *corpus selecionado*: peças de autoria de William Butler Yeats, como, por exemplo, *On Baile's Strand* (1904), *The Cat and the Moon* (1931) e *The Death of Cuchulain* (1939), pois optamos por privilegiar o trabalho de John Millingon Synge, dentre os dramaturgos do chamado Renascimento Irlandês; *The Silver Tassie* (1928), de Sean O'Casey, peça sobre a Primeira Guerra, que se tornou inviável devido à dificuldade de obtenção de direitos autorais; *Molly Sweney* (1994), de Brian Friel, peça fundamental sobre a cegueira, mas cujo autor já teve sua obra bastante explorada pela Cia Ludens; e a obra de Samuel Beckett, por já ser bastante conhecida no Brasil. Cabe ressaltar que o projeto busca, dentro do possível, também o ineditismo. *No Magic Pill*, peça de 2022 sobre a vida do ativista irlandês com deficiência, Martin Naughton, escrita por Christian O'Reilly, também não foi incluída, por uma questão de tempo hábil.

O ineditismo e significância do projeto residem em discutir a proeminência de pessoas com deficiências físicas no teatro moderno e contemporâneo irlandês, além de sua participação efetiva como agentes de mudança em projetos teatrais e artísticos na Irlanda e no Brasil. A seleção de peças mostra a evolução gradual e o comprometimento dos dramaturgos com o tema, bem como o crescimento da participação de vozes femininas, de minorias étnicas e de pessoas com deficiências — todas extremamente originais na abordagem da questão.

O projeto apresenta peças do vibrante catálogo da dramaturgia irlandesa inéditas no Brasil e visa contribuir para o debate sobre a representatividade de pessoas com deficiências físicas no teatro contemporâneo e no mercado de produção artística. Afinal, conforme aponta Elizabeth Grubgeld em *Disability and Life Writing in Post-Independent Ireland* (2020, p. 17), "as origens da deficiência não estão exclusivamente no corpo; deficiência física não é equivalente à tragédia; [...] e o mais importante, deficiência é social, política, econômica, geográfica — nunca simplesmente questão pessoal" (tradução nossa). Promover esse tipo e grau de conscientização constitui, de fato, o objetivo precípuo do projeto e das publicações.

O projeto e as publicações contam com apoio do *Emigrant Support Programme*, do Governo da Irlanda, e do Consulado Geral da Irlanda em São Paulo.

REFERÊNCIAS

CREEDON, Emma. Disability, Identity, and Early Twentieth-Century Irish Drama. *Irish University Review,* n. 50, v. 1, 2020, p. 55-66.

GREGG, Stacey. *Override.* London: Nick Hern Books, 2013.

GRUBGELD, Elizabeth. *Disability and Life Writing in Post-Independence Ireland.* London: Palgrave Macmillan, 2020.

JOHNSTON, Kirsty. *Disability Theatre and Modern Drama.* Londres: Bloomsbury Methuen Drama, 2016.

KEARNS, Peter. *No Magic Pill: thinking differently about disability on the stage.* Entrevista concedida a Christian O'Reilly. RTE, 21 set., 2022. <https://www.rte.ie/culture/2022/0921/1323352-no-magic-pill-thinking-differently-about-disability-on-the-stage/>

KIBERD, Declan. *Synge and the Irish Language.* 2ed. London: The Macmillan Press, 1993.

KINAHAN, Deirdre. *Knocknashee.* 2002. PDF.

KUPERS, Petra. *Theatre and Disability.* London: Palgrave, 2017.

KURDI, Mária. Introduction. *In: 'I love craft. I love the word': The Theatre of Deirdre Kinahan.* Ed. Lisa Fitzpatrick e Mária Kurdi. Oxford: Carysfort Press / Peter Lang, 2022, p. 1-7.

LONERGAN, Patrick. *The Theatre and Films of Martin McDonagh.* London: Bloomsbury Methuen Drama, 2012.

MCDONAGH, Martin. *The Cripple of Inishmaan.* New York: Vintage International, 1998.

MCDONAGH, Rosaleen. Rings. *In:* MCIVOR, Charlotte; SPANGLER, Matthew. *Staging Intercultural Ireland: New Plays and Practitioner Perspectives.* Cork: Cork University Press, 2014, p. 305-318.

_____. *Mainstream.* London: Bloomsbury Methuen Drama, 2016.

_____. *20 questions ... Rosaleen McDonagh.* Entrevista concedida a Kaite O'Reilly. www.kaiteoreilly.com, 17 set., 2013. <https://kaiteoreilly.wordpress.com/2013/09/17/20-questions-rosaleen-mcdonagh/>

SAVI, Melina; FERNANDES, Alinne. "You're like a vegetarian in leather shoes": Cognitive Disconnect and Ecogrief in Stacey Gregg's Override. *Estudios Irlandeses,* n. 18, 2023, pp. 137-147. <https://doi.org/10.24162/EI2023-11472>

SYNGE, J. M. *The Well of the Saints. In:* _____. *Collected Works III. Plays Book I.* Gerrards Cross: Colin Smythe, 1988, p. 69-131.

TERRAZAS, Melania. Formal Experimentation as Social Commitment: Irish Traveller Women's Representations in Literature and on Screen. *Revista Canaria de Estudios Ingleses*, v. 79, 2019, pp. 161-180.

LUVAS E ANÉIS

NORAH, dezessete ou dezoito anos

PAI, quarenta e poucos anos

CENA UM

Um homem de quarenta e poucos anos está sentando em um canto de um ringue de boxe improvisado. A iluminação da cena é tênue. Ao redor da sala, alguns equipamentos de ginástica, pesos e dois ou três sacos de pancadas velhos estão encostados na parede. Há agasalhos esportivos pendurados em ganchos na parede. No canto mais afastado do ringue, há um espelho com lâmpadas em todo o seu contorno. Há bolsas de maquiagem e um roupão de seda para boxe. Bem acima do ringue há uma imagem do sagrado coração de Jesus. O PAI está sentado em um banco e há um saco de pancadas pendurado no canto extremo em oposição a ele. Ao lado dele, sobre o banco, há um par de luvas de boxe vermelhas e também um par de halteres. Ocasionalmente, ele pega uma das luvas e passa os dedos na parte externa do couro. Ele não coloca as luvas, mas desliza sua mão pela parte de trás delas, de modo que a palma e os dedos de sua mão as envolvam.

A cena começa com uma luz vinda através de uma porta aberta. NORAH está sozinha no ringue. Ela está usando um vestido de noiva e botas e está segurando seu capacete. NORAH utiliza a língua de sinais o tempo todo. A língua de sinais é seu único meio de comunicação. Isso é fundamental para a peça.

NORAH   Eu sei o que ele está fazendo! A mesma coisa de sempre. Fica andando por aí e ouvindo outras pessoas, mas não me escuta! Quando está bêbado, ele começa a falar sobre de quem é a culpa pelo que aconteceu, como se a porra da culpa fosse minha! Meningite. A gente morava em

Sligo e todas as crianças do camping ficaram doentes, só que elas melhoraram. Continuei doente. Meningite. Foi assim que me explicaram. Não acontece com todo mundo. Eles não ficaram surdos como eu fiquei. É algum tipo de inflamação na membrana. Isso é o que eles chamam de camada externa do cérebro de alguém. (*Enquanto está explicando, ela examina o capacete em suas mãos.*) Isso protege o cérebro, mas a minha cabeça ficou afetada.

PAI   Passamos muitos anos tentando entender o que havia de errado com a nossa única filha. Médicos, consultas em hospitais. Dirigimos pelo país inteiro. (*Ele se levanta e senta-se novamente.*) Metade do tempo eu não entendia o que eles estavam nos dizendo. Eu costumava deixar que Kate tomasse a frente o tempo todo, mas no fundo do meu coração, eu estava me corroendo por dentro. A cada vez que eles começavam a nos dizer por que ela não era capaz de nos ouvir, era como levar outra pancada no corpo.

NORAH   Foi o que aconteceu comigo. Todas aquelas visitas ao médico, ao hospital, sem saber o que as pessoas estavam me dizendo. Quando eu tinha onze anos, já não conseguia ouvir mais nada. De certa forma, eu era feliz. Na outra escola normal, eles pensavam que eu era só uma cigana ignorante sentada no fundo da sala sem saber o que estava acontecendo. Mamãe continuava indo às reuniões, mas com certeza ela ficava envergonhada. Ela não conseguia explicar as coisas. Não recebeu educação. De algum modo, eles diziam que eu tinha algum tipo de deficiência mental, por isso eu estava tão atrasada que continuava reprovando em todas as provas.

PAI Durante muitos anos nós levamos ela pra tudo que é lugar. Lugares sagrados, homens santos e mulheres santas, Santuário de Knock, Lourdes. Kate, a mãe dela, queria que ela fosse pra Medjugore, aquele lugar lá em Portugal. Algumas das famílias *Pavee*[1], do camping estavam indo pra lá, as famílias ciganas. Pensamos em ir também. *(Ele faz uma pausa.)* Isso é o que os ciganos fazem quando eles têm filhos doentes. Ela me mataria se soubesse que eu estava chamando ela de doente, mas é assim que entendemos. *(Ele se senta novamente.)* De qualquer forma, ela tinha catorze anos e mesmo que fosse mais nova ou mais velha, ela não aceitaria ficar viajando de lá pra cá e não iria de jeito nenhum. Ela disse que não queria ser curada e que estava feliz do jeito que era. *(Ele ri.)* Ela foi atrevida a ponto de dizer pra mãe dela que nós é que deveríamos pensar em nos curar. Nos curar da nossa vergonha cigana, como ela chamava. Eu disse a Kate, "É a escola que está fazendo isso com ela. Estamos permitindo muita coisa" *(Ele novamente faz uma pausa.)* Eu sou totalmente a favor da educação, a minha geração não e uma pessoa, assim, precisa dela, só que ela é cabeça-dura. Ninguém podia dizer nada. Eu estava recebendo ordens da minha única filha de catorze anos de idade. *(Ele se levanta e caminha ao redor do ringue na parte de dentro das cordas.)* Pra falar a verdade, apesar da demonstração de decepção que a Kate deixava transparecer, no fundo eu sabia que ela estava orgulhosa de que sua filha continuava de pé, fazendo suas

---

[1] *Pavee* é o nome dado ao grupo étnico originário da Irlanda ao qual pertencem os personagens da peça. Também denominados *Irish Travellers*, os *Pavees* se caracterizam pelo estilo de vida nômade e pela língua Shelta. Fonte: http://www.irishhealth.com/article.html?id=1079

próprias coisas. Às vezes eu e Kate discutíamos sobre o boxe. Kate dizia que o boxe mantinha ela ocupada e longe de problemas. Ela dizia: "Que se dane o que as outras famílias pensam. Ela é nossa filha. Não são eles que estão educando uma criança surda". Cometi o estúpido erro de não ir às lutas dela. Antes que eu me desse conta, eu não apenas tinha as duas mulheres na minha vida fazendo as coisas do jeito delas, mas também a minha própria esposa me dizendo que a nossa filha surda era melhor que qualquer outro boxeador experiente no ringue. Kate estava orgulhosa da nossa filha da mesma forma que eu ficaria orgulhoso do meu filho fazendo a mesma coisa.

NORAH Então minha mãe sugeriu, bem, foi ele, meu pai. Foi ele quem admitiu que eu não poderia ouvir as coisas. Disse que era melhor irmos a um médico. Ele confirmou tudo. Depois disso, eles me mandaram pra escola pra surdos. (*Ela fica visivelmente frustrada consigo mesma e joga o capacete no chão.*) No começo, odiei. Eles sabiam que eu era uma *Pavee,* uma cigana, e que eu não ia usar a língua de sinais deles. De certa forma, eu me sentia perdida em todos os lugares. Em casa, na escola e depois na escola pra surdos. É assim que funciona pros *Pavees* como eu. A gente não se encaixa em nenhum lugar. Minha mãe e meus irmãos sabem um pouco da língua de sinais apenas porque isso agrada a eles. (*Ela caminha em direção a uma cadeira vazia que se encontra no ringue.*) Meus irmãos me tinham como escrava; bem, eles acham que eu sou a escrava deles. Eles conhecem todos os sinais pra comida, até aí sem problemas. (*Ela faz uma pausa.*) No começo mamãe estava sempre chorando. Ainda criança, consigo me lembrar do olhar em seu rosto quando ela tinha que me tocar pra que eu soubesse que ela estava tentando me dizer alguma coisa. Ela foi a primeira pessoa que eu consegui fazer leitura labial. Ela está sempre tentando. Ela não dá a mínima pro que os outros ciganos dizem. (*Ela apoia a perna na cadeira e puxa o vestido de casamento até o joelho. Sua bota de boxe fica visível.*) Mamãe comparecia em todas as minhas lutas. (*O PAI se aproxima e começa a tentar amarrar o cadarço para ela.*) Desde o começo, na escola pra surdos, os professores ficavam dizendo que eu não estava me esforçando o suficiente e que eu estava com vergonha ou constrangida em usar a língua de sinais. Eles estavam tentando dizer aos meus pais que eu não queria aceitar as coisas. (*Ela ri.*) Só que eram meus pais que não queriam aceitar. (*Abruptamente ela troca a perna que está apoiada sobre a cadeira.*) Principalmente ele. Ele não conseguia me aceitar como eu era. Como eu sou. De qualquer forma, como eu poderia fazer uso de sinais de uma língua que não era minha? Eu não tenho que conversar como as pessoas de fora que não são da comunidade cigana. Isso é uma coisa boa de ser surda.

PAI   Se eu tivesse aprendido. (*Ele passa as mãos sobre o rosto enquanto continua tentando amarrar o cadarço da bota de boxe da sua filha.*) Se eu tivesse aprendido... foi fácil pros irmãos dela e pra Kate. Eu costumava fingir que não estava olhando pra eles, mas mesmo quando Norah era pequena, o resto da família encontrou uma forma de se comunicar com ela. A mãe dela me implorou e insistiu pra que eu tentasse. Somente no trailer, onde ninguém mais poderia ver e ninguém iria rir de mim. Sabe, é assim que os ciganos fazem. Eles riem de você se veem você usando mãos em público pra conversar. Quando teimosia e vergonha se misturam na sua cabeça, você acaba cedendo à vergonha. Kate me alertou que eu estava perdendo minha filha se eu não aprendesse. Eu apenas continuava dizendo que estava ocupado ou que não precisava aprender. Como um pai pode ser tão estúpido? Colocar seu orgulho antes de sua filha ao invés de ter orgulho dela.

NORAH Então tinha mais dois *Pavees*, dois garotos surdos, eles eram os Joyces. Achei que eles seriam um apoio pra mim, mas eram inúteis. Presumo que eles meio que tinham medo das pessoas de fora da comunidade cigana. Nós três fomos colocados na mesma sala. Não importava nossa idade ou o quanto inteligente a gente era. Pra eles, nós éramos todos um só porque éramos *Pavees*. Aí começamos a criar os nossos próprios sinais, nossa própria língua. (*Os cadarços estão amarrados e o PAI afasta a cadeira.*) Eu não faço ideia do porquê essa coisa de ser *Pavee*, apesar do que eles dizem, do que ele diz, bem, no fundo do meu coração mesmo quando criança, até mesmo quando eu não podia participar do que estava acontecendo ao meu redor, tinha essa coisa de ser *Pavee*. Eu sabia onde eu estava e eu amava aquilo. Fazer os nossos próprios sinais mesmo aos onze ou doze anos de idade, eu realmente não dava a mínima quando os professores, incluindo aqueles que eram surdos, nos diziam que não era uma língua adequada. Que nós nunca conseguiríamos nos comunicar com o que a professora chamava de mundo exterior, mas eu sabia que ela estava se referindo ao mundo das pessoas de fora da nossa comunidade. Esse era o mundo dela, não o meu. Ela dizia que tinha lido um pouco sobre a língua Shelta dos *Pavees*, mas que não estava convencida de que seria útil pra nós. (*O PAI caminha em direção a ela, e entrega-lhe as luvas.*) Isso quase deixou eles loucos! Os Surdos, os professores surdos, fomos nós, nós três. Nós deixamos eles de fora do nosso mundo, e não o contrário. E eu amava esta parte! Aí, um dia, percebi que poderia usar minhas mãos não apenas pra fazer sinais. Eles estavam me chamando nomes, bem, estavam usando a língua de sinais pra chamar nomes, e mesmo que eu não usasse a língua de sinais irlandesa, ainda assim eu tinha conhecimento dela como uma forma de apoio. Eu sabia qual era o sinal pra cigana, o sinal pra fedida e o sinal pra vadia. Eram dois rapazes jovens. Eles mal tinham começado a fazer sinais na minha frente, sinais pra me chamar dessas coisas, como se eu nem sequer estivesse lá, como se eu não fosse entender. Só levantei minha mão direita, aí depois a esquerda, e nocauteei eles direto no chão. Sim, você leva suspensão por briga até mesmo em escolas especiais! Minha mãe ficou furiosa comigo. (*Ela toca a cruz no seu pescoço.*) Fui suspensa e mamãe ficou envergonhada. Minha família é rigorosa. Já era um problema sério ter a única filha deles indo pra escola e praticando boxe. Eu ainda posso ver o olhar no rosto dela. Ela dizia aos professores que não havia me criado assim. Seja fomo for, qualquer que tenha sido a reação da mamãe, ele enlouqueceu. Só que claro que ele ficou louco pelas razões erradas. Ele queria me manter fora da escola. Dizendo que ele estava certo o tempo todo em não me mandar pra lá. Ele e ela, meus pais, discutiram durante toda semana em que eu estive suspensa. Mamãe estava tentando explicar que eu tinha tirado sangue do nariz do rapaz. O Paddy, meu irmão, me contou que papai tentava dizer que provavelmente foi por um bom motivo. Mamãe não iria aceitar. Isso aconteceu há muito tempo e eu realmente parti o coração da minha mãe. Ela disse uma coisa que ficou marcada em mim. Ela disse: "Norah, eu não criei uma valentona. Você pode ser surda, você pode ser uma cigana. As pessoas vão fazer coisas com você, todo tipo de coisa e isso não é justo, mas você tem que aprender a não reagir". Eu tinha apenas onze anos e mamãe estava falando sobre segurar a onda. Hoje eu sei que ela quis dizer segurar a onda dentro do ringue, não explodindo fora dele. (*O PAI a ajuda a amarrar as luvas.*)

PAI   Foi ideia da mãe dela dizendo que ela precisava estar perto de pessoas como ela. Eles disseram que ela tinha muita energia, mas que estava usando de maneira errada. Eu sabia qual era a deles. Mesmo que eu não soubesse ler e escrever, eu sabia que eles estavam dizendo: "Típicos Ciganos. Eles são todos rudes e estão sempre prontos pra uma briga". Mas era da *minha* garotinha que eles estavam falando! Nós tentamos corrida, natação e futebol. Eu estava relativamente feliz que nada disso tinha dado certo, ela sendo uma menina e tudo mais. Mal sabia eu o que estava por vir.

NORAH   (*continua usando a língua de sinais.*) Eu tinha onze anos e
o Paddy, bem, todos eles: Paddy, Joseph, Michael e John,
todos acharam graça do que eu fiz com o garotinho
que não era cigano e ficavam sempre tentando treinar
comigo no meu quarto no trailer. Costumava ser por
diversão pra que eles me mostrassem as coisas. Às vezes
eles esqueciam que eu era uma garota. Dávamos socos
uns nos outros, mas eles não me machucavam. Às vezes
quando o Paddy achava que a coisa estava ficando violenta,
ele dizia pra eu prestar atenção em minhas mãos. Ele
estava sempre preocupado com isso e sabia que minhas
mãos eram solicitadas não apenas pra cozinhar o jantar
dele. Todos eles costumavam ir à academia aos sábados e
durante a semana à noite. Ele levava os filhos dele até lá.
(*Ela indica o PAI com a cabeça.*) Estava transformando eles
em "homens" antes do tempo. Eu implorei e azucrinei o
Paddy pra que me deixasse ir com eles. Tínhamos quase
a mesma idade. Prometi a ele que não iria atrapalhar.
Eu estava simplesmente de saco cheio de ficar presa na
escola e depois ficar presa no trailer lavando e limpando
o tempo todo. A gente também fica de saco cheio disso,
mesmo que este seja trabalho de menina, eles acham que
quando você é surda você pode fazer melhor, você é mais
talentosa nessa área.

PAI   (*tira a gravata.*) Quando eu me virava de costas, Paddy
escondia ela na van, e aí ocultamente levava ela pro ringue
junto com ele. Lembro apenas de levantar os olhos e não
acreditar no que eu estava vendo. Minha filhinha estava
em uma sala cheia de rapazes jovens, segurando o saco

de pancadas pro irmão mais velho e ela estava amando aquilo! Por um instante eu quis correr e tirar ela de lá e levar ela pra casa, mas assim que me aproximei do ringue, percebi que era o Paddy que estava segurando o saco de pancadas e era ela que estava treinando boxe. Depois disso, não tive mais nada a dizer. (*Ele sacode os ombros.*) Claro, eu sou apenas o pai! E a mãe estava bem atrás dela e ainda está. Juro por Deus, esta minha esposa, ainda que eu ame muito minha mulher, ela fez cursos demais. O dia em que ela aprendeu a dirigir foi um dia ruim pra esta família. Uma maldição. Ela me azucrinou pra que eu deixasse ela fazer o teste teórico dizendo que ela precisava disso e que a escola estava incentivando as meninas a serem independentes. Aquela maldita escola pra surdos interferindo em tudo nesta família.

NORAH   Encontrei algo em que eu era boa. Algo que eu poderia fazer sozinha. Não estou dizendo que as pessoas me respeitavam por isso, mas eu sabia que o Paddy sim, e o treinador também. O que eu quero dizer é que eu achei algo que eu amava, que eu poderia fazer melhor do que qualquer outro garoto, e que eu me sentia tão bem! No ringue não importava se eu era surda. Tudo que eu tinha que fazer era olhar pros pés, olhar pras mãos — claro, de qualquer forma é isso o que eu faço o tempo todo, olhar pras mãos! (*O PAI tira o paletó e remove a flor da lapela que se encontra no buraco do botão.*)

PAI   Eu queria estar orgulhoso dela, mas pra falar a verdade, fiz tudo que eu pude pra que ela parasse. Mas, claro, o que eu poderia fazer? Os irmãos tornaram isso possível.

Quando eu falei que ela não poderia ir, claro, eles encontraram uma maneira de levar ela. Antes que eu me desse conta de qualquer coisa, o treinador estava lá visitando o camping. Ele é um velho adorável e durante anos eu costumava contar aos outros homens do camping que, bem, eu costumava dizer que ele estava lá pra falar sobre um dos meninos. Nunca deixei transparecer que ele estava tentando me convencer sobre Norah. Tinham outros rapazes do camping que também estavam no clube de boxe e rumores começaram a se espalhar pelo camping.

NORAH   *(começa a treinar boxe sombra fazendo movimentos de um lado para outro)*[2] Aqueles velhos malditos! Isto deixou eles loucos! Uma garota como eu, uma *Beoir*,[3] uma menina surda, era uma boxeadora melhor do que qualquer um dos filhos deles dentro ou fora do ringue. Ah, isso era sem dúvida difícil pra eles. Meus irmãos costumavam me defender, e minha própria mãe, ela era melhor do que *ele*. *(Ela aponta o Pai com a cabeça.)* Mas ao mesmo tempo eu sabia o que esperavam de mim. Eu nem tinha certeza se eles iam encontrar alguém pra se casar comigo. Bem, vocês sabem como são os ciganos: se você não é perfeita, não conseguirá um homem, e isso com certeza é a coisa mais vergonhosa de todas. O boxe me separava das outras *Beoirs*, como se o fato de ser surda me desse a liberdade que outras *Beoirs* não tinham. Ciganos. Eles acham que estão protegendo meninas e mulheres. Especialmente

---

[2] Boxe sombra: método de treinamento de boxe que consiste em fazer os movimentos do esporte em ritmo lento, de maneira individual, como se o boxeador estivesse enfrentando uma sombra.

[3] *Beor, beure,* ou *beoir* na língua Shelta, falada entre os membros dos *Irish Travellers*, significa menina ou mulher. Fonte: https://www.dailyedge.ie/irish-slang-origins-1468945-May2014/

as famílias, mas no fundo a gente sabe que os meninos e homens têm mais liberdade. Na escola pra surdos, eles costumavam nos perguntar sobre a cultura cigana. Era difícil explicar as regras e normas pras mulheres. Você não pode se empolgar, não pode falar com garotos. As pessoas da escola pra surdos não acreditavam em casamentos arranjados, em *love match*. Eles costumavam zombar de mim, perguntando se eu ia me casar antes do ENEM[4]. Eu nunca sabia o que dizer. Não sabia se ele ou ela iriam encontrar alguém pra mim. Eu costumava ficar de olho no que acontecia com as minhas primas e eu fui dama de honra de algumas delas. Eu sabia que a minha situação era diferente. Nunca falei sobre isso com a mamãe. Quero dizer, ela me deixava usar o que eu quisesse e falar com outros jovens, mas eu sabia que ela ia um pouco na dele. Não queria que eu crescesse. Veja bem, é por isso que o boxe tomou conta da minha vida por inteiro, da minha cabeça e do meu coração. Eu tenho algo só pra mim. Algo que ninguém poderia me dar ou encontrar pra mim. Eu fiz todas as coisas certas e eu sabia, não apenas na escola, mas também no camping, alguns amigos dos meus irmãos, e claro, meus primos — eu sabia que eles ficavam me olhando e costumavam dar uma boa olhada e bem demorada, mas o Paddy mataria qualquer um deles se suspeitasse que estavam com segundas intenções. Tentei explicar, apesar de ser surda. Minha família, meus irmãos, especialmente meus irmãos — eles estavam de

---

[4] Na Irlanda, o *Leaving Cert* ou *Leaving Certificate* é o exame final de Ensino Médio e exame de matrícula para a universidade. Informações disponíveis em: https://www.examinations. ie/?l=en&mc=ca&sc=sb.

olho em mim o tempo todo. (*Ela enxuga a testa com o braço.*) *Beoirs*, apesar do que os homens dizem, nós é que carregamos nossa família.

PAI   Eu escutei eles. Escutei o que os outros ciganos ficavam dizendo, me alertando, me envergonhando, rindo de mim. E o tempo todo o treinador vinha e conversava com minha garotinha de uma forma que eu não conseguia. Em questão de seis meses ele aprendeu a língua de sinais, a conversar usando as mãos. Eu sentava e observava, bem, isso é mentira, ela diria. Eu fazia com que um de seus irmãos ficasse, me levantava e deixava eles lá. Eu não aguentava aquilo. (*Ele passa a mão nos cabelos.*)

NORAH   Eu expliquei pro treinador, o Toby — é assim que chamo ele —, que eu não poderia cortar meu cabelo, que uma menina cigana tinha que ter o cabelo comprido, e que se eu fosse pra uma luta eu teria que levar mamãe e um dos meus irmãos teria que estar lá. Expliquei que não era certo pra mulheres da minha idade, nem mesmo pra minha mãe, irem a outros lugares sozinhas. Se fosse uma luta à noite, sempre precisaríamos que um dos meus irmãos nos acompanhasse. O Toby não riu de mim ou tirou sarro de como as coisas são ou sequer disse que minha família era antiquada. Ele parecia me entender. Depois disso pratiquei boxe tanto quanto possível. Eu não me importava com o que as pessoas estavam dizendo: "A única filha! Como se não bastasse, além de surda é também boxeadora!" E aí ele apareceu. (*O PAI se levanta e fica atrás dela. Ele fala para a plateia por cima do ombro de NORAH.*)

PAI   Um jovem que ficou surdo depois de um acidente. Outras pessoas diziam que poderia ter sido pior, mas claro, eu não sabia... (*Ele faz uma pausa e coloca as mãos sobre os ombros dela.*) Nenhuma família iria querer ele como genro. À noite, no trailer, eu iniciei uma conversa com Kate. Norah já estava na idade. O que íamos fazer? Os irmãos dela iam se casar em breve. Eu ficaria feliz em ter ela conosco pro resto de sua vida, mas com certeza, isso não seria justo também. Kate chorava. Bem, nós dois chorávamos. Esse é o problema de ter uma filha surda. Cada idade traz uma nova preocupação. A tristeza nunca vai embora. Você quer que ela tenha as mesmas chances que as outras jovens, mas a gente sabe, bem, a gente acha que sabe. Não é assim que funciona. Eu e Kate não sabíamos o que fazer, mas descobrimos que não precisávamos fazer muita coisa. Alguns deles, aliás todos eles estavam perguntando sobre a idade de Norah. É assim que os ciganos fazem. Eles sabiam muito bem quantos anos ela tinha, mas é assim que eles puxam o assunto. Eles deixam você saber que estão interessados. Kate não estava feliz, mas claro, o que eu poderia fazer? Eu teria que casar ela e eu tentaria encontrar a pessoa certa. Talvez alguém como ela. (*Ele toca nas costas dela e arruma o capacete.*) O problema é que a gente nunca espera que a maldade ou o perigo venham de você. Quero dizer, da sua própria família. Digo, de um dos seus sobrinhos. Então, cerca de um mês atrás eles apareceram. A mãe da Norah suspeitou, ela me disse: "Eles não estão vindo aqui apenas pra jogar conversa fora ou saber o preço de um trailer ou de uma van! Essas pessoas estão com segundas intenções". Eu estava com raiva e feliz ao mesmo tempo. Minha Norah, uma mulher? Claro que não consegui lidar com isso. Ela é surda. Nós fizemos tudo ao nosso alcance. Eu sempre avisei aos meninos, não deixe ninguém tirar proveito dela. Se eu tivesse dito uma vez, mas eu disse isso mil vezes, eu estava tentando explicar... não era apenas prática habitual de família se importar com sua irmã. É que ela era surda e tinha que receber cuidado o tempo todo. (*Ele tira uma cruz de ouro do pescoço dela e depois tira os brincos de argola de ouro.*) Quando fomos ao bar, Kate pediu pra ir também. E quanto a ela, claro, não pôde ser encontrada. Estava treinando ou algo do tipo, e Paddy estava com ela. Eu dei uma boa olhada no rapaz, no John-Joseph. Ele era um homem bom, forte e boa pinta. Eles eram do nosso próprio povo, então não haveria problemas.

NORAH (*começa a tentar tirar o vestido com as luvas calçadas*) Paddy disse que os Joyces estavam lá. Ele caiu na gargalha dizendo que eu ia ser pedida em casamento. Por um instante, eu não entendi o que ele queria dizer. Ele teve que me explicar. *John-Joe* quer se casar com você! Ele provavelmente já pediu a sua mão! Naquele momento, foi como se eu tivesse levado um golpe frontal no lado direito da minha cabeça. Graças a Deus a academia estava vazia! Fiquei furiosa. Além de tudo, era pra ser do jeito moderno — assim, como se tivesse dado um *match*. Ele iria *me* pedir em casamento e eu deveria aceitar. Isso é um monte de merda. Um *love match?* É igual aos velhos tempos. As famílias organizam tudo. Só porque ele faz um pedido pra mim depois de já ter feito o pedido ao meu pai - isso é pra fazer tudo ficar bem? Isso é o que se espera que seja moderno? O Paddy me acalmou, implorou e me pediu pra que eu fosse pra casa vestir algo — adequado. Eu disse: "Claro. O meu agasalho de treino serve?" Agora até mesmo o Paddy caiu na armadilha. Todos eles estavam contra mim.

O PAI começa a ajudá-la a tirar o vestido de noiva a partir dos ombros. A vestimenta de boxe de Norah fica visível; o vestido cai até a cintura, e na parte de cima da vestimenta está escrito "Princesa Pavee".

PAI   Eu acho que não estava vigiando ela direito, mas quando ela entrou no bar com Paddy, ela estava igual a mãe dela vinte anos atrás. Ele ajudou ela a tirar o agasalho de treino e ela se portou bem. Linda, longos cabelos escuros. Minha garotinha era uma mulher. Parte de mim estava feliz e parte de mim sentia que eu não conhecia ela, e que eu nunca conheceria e agora ela estava me deixando. Tudo o que eu poderia fazer era apertar a mão do jovem rapaz e pagar a ele uma bebida. Eu não poderia... não poderia... não poderia... Vocês sabem.

NORAH   (*dá um passo para trás. Seu pai a ajuda a tirar o vestido*) Ele não usava a língua de sinais. Meu velho nunca aprendeu a língua de sinais. Era como se ele estivesse em um estado de negação comigo e com a minha vida. Mas John-Joseph, ele não conseguiu acreditar. Quando vi ele, gostei dele e ele gostou de mim. Ele era lindo e eu podia sentir que ele não conseguia tirar os olhos de mim. Mesmo que não devêssemos conversar, quero dizer, ter uma conversa apropriada longe dos meus irmãos, com certeza ninguém sabia o que a gente estava dizendo, e assim tínhamos nossa liberdade. Ele me perguntou sobre o boxe, dizendo que sabia que eu lutava melhor do que qualquer homem.

O PAI recolhe o vestido e o pendura nas cordas do ringue.

PAI Não sei o que aconteceu. Meus filhos me asseguraram que ele nunca ficou sozinho com ela e que nunca encostou um dedo nela. (*Ele dá uma olhada de um lado para o outro.*) As coisas mudaram, não são como no nosso tempo. Você não ousaria falar... mas um rapaz se arriscaria pra ver como ela era. Pra descobrir se ela era fácil ou suja. Eu tinha minhas suspeitas. Não importa que ele fosse surdo. Ainda assim ele é homem e eu sei que ele deve ter dito algo pra ela, porque ela continuou dizendo não. Ela não queria se casar com ele. Agora eu estava confuso. Perguntamos a ela se estava feliz em se casar com ele. "Não" foi a resposta. Eu estava meio que com medo de contar pra outra família. A família do rapaz. Romper um casamento é uma coisa muito difícil de se fazer. As famílias se sentem ofendidas. (*Ele solta o saco de pancadas que está pendurado perto dele.*) A mãe dela tentou falar com ela, mas ela continuou relutante. Pedi a mãe dela pra que tentasse explicar, deixasse ela empolgada com o casamento, com o vestido, e como ela era a única menina, nenhuma despesa seria poupada. Ainda tentamos misturar ela com as primas, mas mesmo isso não deu certo. Então falei com Tobby, o velho, o treinador. Eu disse que queria que isso parasse; proibi que ela e seus irmãos fossem ao clube. Proibi ele de ir ao trailer e de ter qualquer coisa a ver com ela. Mas com certeza, ela estava em todos os jornais, as coisas estavam acontecendo sem que eu soubesse. Ela já tinha tomado uma decisão. Como a mãe dela falou, já que eu nunca aprendi a me comunicar com ela, eu não tinha o direito de impedir ela de fazer qualquer coisa que fosse. E aí aconteceu. Descobri que aquele rapaz queria arruinar a minha garotinha. Difamar o nome dela.

NORAH segura de um lado do saco de pancadas enquanto seu Pai segura do outro.

NORAH John-Joseph vinha a Dublin duas vezes por mês. A mãe dele não ficou muito feliz comigo — por causa do boxe. Às vezes com os meus irmãos e com ele, íamos ao cinema e outros lugares. Na segunda vez que nos encontramos, meus irmãos estavam todos a nossa volta, a família inteira estava. As duas famílias! De qualquer forma, eu tive uma luta dois dias antes dele vir. Tinha cortado meu lábio. Pedi a mamãe que me ajudasse a esconder o corte. Mesmo que não tivéssemos permissão pra sentar perto um do outro, quando ele estava saindo do trailer... (*Ela pega um protetor labial na sacola esportiva.*) Ainda tenho isso. Ele passou isso nos lábios dele e aí deixou no balcão quando estava saindo pela porta, olhando pra mim. Quando ele saiu, a família dele estava se preparando pra voltar pra Sligo. Ele estava em pé com todos os meus irmãos, mas olhou pra janela da cozinha do nosso trailer. Ele me viu pegar isso. Este protetor labial - Eu passei em meus lábios da mesma forma que ele fez. Depois disso não conseguia parar de pensar nele; nos dias que ele vinha eu fazia questão de lavar meu cabelo e vestir minhas melhores roupas. Usava salto alto. Os pais dele e os meus estavam falando sobre marcar uma data. Lembro que o Toby, meu treinador, o homenzinho, quando eu contei pra ele, ele apenas disse: "Norah, eu vou te perder?" Ele estava falando sobre a data pra seleção da equipe nacional pras Olmpíadas. Eu disse que não tinha data marcada pro casamento, mas eu sabia que ele estava olhando pra mim, eu sabia que ele estava achando que minha cabeça estava em outro lugar e que meu coração estava se distanciando do ringue.

Então um dia, depois dele ter comprado o anel de noivado pra mim, minha mãe estava comigo; ela entendeu o que ele estava dizendo na língua de sinais, e ela ficou com mais raiva dele do que eu. Aí a mãe dele se meteu e deixou claro que se o casamento fosse realmente acontecer em poucos meses, eu teria que tirar da minha cabeça qualquer ideia de boxe ou de ir pros jogos Olímpicos. (*Ela começa a bater no saco de pancadas.*) Como eu poderia escolher? Mas todos eles estavam me fazendo escolher. A família queria que o casamento ficasse acima do boxe. Eu estava até mesmo perdendo o Toby agora. (*Ela suspira e bebe um pouco de água de uma garrafa no chão.*) É isso, a gente tenta explicar pros que não são ciganos, a gente tenta falar sobre os modos ciganos. Eles concordam com a cabeça, mas não entendem. A verdade é que eles simplesmente não entendem. Tenho certeza que o Toby achava que eu estava sendo forçada a me casar, mas eu não estava. Eu também queria. Até que eu descobri como ele realmente era. Mesmo que estivéssemos noivos, pra provocar a mãe dele eu não iria concordar com nada, como em desistir do boxe. Eu não iria concordar com isso. Eu não estou dizendo que eu não faria isso, só estou dizendo que eu nunca disse que faria. De qualquer forma, ele colocou isso na cabeça dele; ele costumava insultar meu pai na língua de sinais pra que ninguém entendesse, somente eu. Meus irmãos estavam lá. Se eles soubessem o que ele estava dizendo, a família teria matado ele. A primeira vez foi apenas uma brincadeira, mas depois ficou mais sério. Ele começou a dizer que meu pai não me amava de verdade, porque se ele realmente amasse, teria aprendido a língua de sinais. Ele dizia que meu pai estava se livrando de mim, que eu não tinha valor porque eu era surda. Eu sabia que meu pai me amava, ele podendo ou não se comunicar na língua de sinais, eu sabia que ele me amava. A data pra seleção da equipe olímpica estava chegando. Mesmo empolgada com o casamento, nas duas semanas que antecederam esta seleção treinei muito. Treinei *muito*. Aí ele colocou essa ideia na cabeça. Ele me pediu pra fugir com ele pra agilizar o casamento. Ah, eu sabia qual era o motivo dele. Não era apenas pra dar má reputação pra mim ou pra minha família, ele queria me engravidar, então, se eu fosse escolhida pras Olímpiadas, eu não poderia participar. Pra mim, ele estava mostrando como seriam as coisas quando a gente se casasse. Ele seria o chefe. Teria o poder e controle sobre o meu corpo e mente. Os homens que eu conhecia não eram assim; meu pai e meus irmãos demonstravam respeito. Quando eu contei ao Paddy que John-Joseph queria que eu fugisse com ele, o Paddy ficou muito sério. Ele me perguntou na língua de sinais "você não vai fugir com ele, vai?" Respondi não com a cabeça. Aí meu irmão me abraçou e na língua de sinais disse que mataria o cara se visse ele novamente. A mãe de John-Joseph se posicionou. Ela disse que esta era a única maneira de me impedir de lutar boxe. Ela disse: "Qualquer homem faria isso". Papai não concordou com uma coisa dessas. John-Joseph. Ele é um *Pavee*. Eu gostava dele, mas eu esperava mais dele. Ele sendo surdo.

PAI   Minha garota foi escolhida. *Minha* filha irá carregar a bandeira da Irlanda, e eu estou muito orgulhoso dela. Todos nós iremos. A família inteira. Nós vamos apoiar ela. Toby me disse que há todas as chances dela receber uma medalha. Ele também me disse que qualquer pai poderia ter uma filha com um anel de casamento, mas nem todos os pais podem ter uma filha com uma medalha de ouro olímpica. Se ela quer se casar, isso é por conta dela. Eu quero que ela seja feliz, seja boa em alguma coisa e seja respeitada e amada da mesma forma que eu amo ela.

NORAH abraça o saco de pancadas, ao mesmo tempo em que seu Pai também o abraça. Um não consegue alcançar o outro, mas eles estão sorrindo.

PADRÃO DOMINANTE

MARY-ANNE ROONEY, trinta e poucos anos,
companheira do JACK e melhor amiga do EOIN

JACK SULLIVAN, próximo dos quarenta anos

EOIN, gay, próximo dos cinquenta anos

ELEANOR, entrando na casa dos vinte anos

JACK e ELEANOR estão sentados em uma cafeteria.

JACK   Uma gota do velho leite de sempre está ótimo. (*Eleanor parece estar desconfortável.*) Então, não é um grande legado. Você está sabendo do escândalo. *(Ele olha para baixo, envergonhado.)*

ELEANOR   Você pode contar a sua versão dos fatos... Algumas das lutas antigas que você participou estão na internet.

JACK   (*lisonjeado*) Não vou falar sobre isso, não na televisão. Tem outras pessoas no meio.

ELEANOR   Eles estão em segundo plano e as pessoas vão se perguntar porque você não conta a sua versão da história.

JACK   Não tem outra história além da que está circulando por aí e você já sabe disso.

ELEANOR   Não vamos por esse lado; o documentário não é sobre isso. Você tem um passado interessante. Sua família, seu trabalho?

JACK   ... Quando você sai de casa muito jovem você nunca mais se adapta. A Mary-Anne e o Eoin são minha família.

ELEANOR   Uma amizade de trinta anos — é incrível! Se a gente levar em conta de onde você... Os amigos são a nova família... Minha mãe tinha uma amiga assim também, a Sra. Lawrence, que vivia ligando pra ela. Conversavam durante horas. Mamãe sempre tinha uma bolsa pronta pra dar pra ela... roupas velhas, frascos de perfumes pela metade... A Sra. Lawrence era uma mulher adorável.

JACK   (*olhando para longe*) As pessoas; Sempre querendo te contar sobre os amiguinhos ciganos delas.

ELEANOR   Desculpa. Eu não quis dizer...

JACK   Sem problemas. A Mary-Anne e o Eoin. Eles ficaram do meu lado quando ninguém mais ficou. Mas essa conversa não é pra acontecer na frente das câmeras.

ELEANOR   Talvez possamos explorar o que une as pessoas? *(Ela faz anotações — JACK sopra o seu canudo fazendo bolhas.)*

JACK   (*parecendo pensativo*) Na maioria das vezes eu não suporto estar perto de ciganos aleijados.

ELEANOR   (*parecendo antipática — falando devagar*) Esse será um filme de trinta minutos; não poderemos produzir muito contexto do porquê de você usar esse tipo de linguagem. Aparentemente é assim que você vê o Eoin? *(Fingindo checar o bloco de notas dela)* ou a Mary-Anne?

JACK   (*surpreso*) Piadas internas. Coisas que mais ninguém entende.

ELEANOR   (*desajeitadamente*) Você tem outros amigos que não sejam ciganos...?

JACK   Fale sobre você! Por que está fazendo um documentário? Por que sobre nós? Somos história do passado.

ELEANOR   As especificações do contrato pediam diversidade.

JACK   Parece que estamos em voga no momento — *reality shows* na tv, em *talk shows* à noite, a maioria faz com que a gente se pareça com imbecis.

ELEANOR   Estou tentando fazer um filme interessante pra televisão. Meu documentário terá integridade e autenticidade.

JACK olha para ela inexpressivamente.

ELEANOR   (*riscando algo de seu bloco de notas*) Fico muito feliz que você vai participar. (*Entregando a ele um formulário*) Se você puder colocar seu nome aqui. O Eoin disse que você iria se sair bem.

JACK   É realmente difícil dizer não pro Eoin.

ELEANOR   Você também é um pouco ativista.

JACK   (*rindo*) Toda essa conversa sobre direitos — quando você ouve isso pela primeira vez com a pessoa certa, pode ser o maior tesão. (*Eleanor parece um pouco constrangida.*)

ELEANOR   Você e a Rooney? (*Corrigindo-se.*) Mary-Anne.

JACK   Vinte anos!

ELEANOR   Você se sente atraído por esse tipo de mulher?

JACK   Eu gosto de mulheres, seja qual for o corpo que elas tenham. (*Olha com interesse para Eleanor.*) Eu e a Mary--Anne, a gente deu um tempo.

ELEANOR   Términos são difíceis.

JACK   Sim. É esquisito como a gente consegue contar pra estranhos as coisas mais íntimas sobre nós mesmos.

ELEANOR   (*fechando seu bloco de notas, olhando para JACK.*) Às vezes nós só queremos que outras pessoas, os estranhos, nos contem nossas próprias histórias.

JACK   (*com o olhar vago*) Nos primeiros doze anos da minha vida eu fiquei em um orfanato pra meninos ciganos. Aí me meterem nesse lugar e não havia nada de errado comigo. É assim que a coisa funciona quando você é cigano.

ELEANOR   Todos eram...

JACK desvia a cabeça para longe dela.

ELEANOR   ...você e a Mary-Anne... O término foi há quanto tempo?

JACK ignora a pergunta.

ELEANOR   Você se importa que eu instale a câmera? (*Jack assente com a cabeça.*) Vamos filmar só um pouquinho hoje. (*Eleanor está fazendo anotações e ligando a câmera.*)

JACK   (*inclina-se para ela*) Não é um pouco barulhento aqui?

ELEANOR   Não. Não. Fica mais autêntico e posso editar a maior parte do barulho. Quem sabe mais pro final da semana a gente poderia ir a um lugar mais calmo e conversar? (*JACK concorda com a cabeça e Eleanor sorri.*) Relaxe, você vai se sair bem. Me conte algumas lembranças de seus tempos da escola.

JACK   Coisas da escola. (*Faz uma pausa, parecendo curioso.*)

ELEANOR Esqueça a câmera.

JACK (*se distanciado, afastando-se dela*) Eu realmente não tenho certeza sobre isso. (*Eleanor vai falar, mas JACK interrompe.*) Quando eu estava treinando, eles fizeram alguns filmes, mas eram só sobre o esporte. Não sobre nós.

ELEANOR (*tocando o braço dele de forma tranquilizadora*) Fale somente sobre o que você quiser falar.

JACK (*se distanciando mais*) Não tenho certeza se sou a pessoa certa pra isso... A bebida apagou tudo. Há pedaços da minha vida que estão faltando — se foram.

ELEANOR Apenas relaxe, deixe que as coisas venham até você. (*Ela toca o braço dele novamente e olha fundo dos seus olhos.*)

JACK (*faz uma pausa, depois em voz baixa*) Você é muito convincente.

ELEANOR (*sorri de volta sedutoramente*) Ignore a câmera, quando estiver pronto apenas fale.

Há uma tela de computador na parede dos fundos. Esta entrevista está sendo reproduzida nela enquanto Eleanor e JACK estão conversando. Às vezes há pausas. Isto está sendo exibido por trás da conversa deles de tal modo que o público assimile somente fragmentos dela. Eles não conseguem ver ou ouvir completamente o que está sendo dito no documentário.

CENA DOIS

Apartamento de EOIN. JACK e EOIN estão na sala. O controle remoto para jogos está nas mãos de JACK. As sombras dos grafismos do jogo se refletem no seu rosto. EOIN está tentando distraí-lo rodando uma bolsa masculina. Ele então estica a bolsa com as mãos. JACK larga o controle do PlayStation, olha para EOIN, está prestes a dizer alguma coisa, mas não diz.

EOIN (*suspendendo a bolsa em torno de si e colocando as mãos dentro da bolsa, dando forma para bolsa*) Assim fica melhor? Pra não parecer como seu eu tivesse comprado ontem. Ela tem que parecer velha e nova ao mesmo tempo.

JACK fica em silêncio.

EOIN se aproxima de JACK. JACK se distancia e joga uma almofada nele.

EOIN Faça ela suar. Faça ela esperar, Jack. Houve um tempo em que você deixava eles no vácuo. Agora... a idade se encarrega disso, né?

JACK ...O documentário dela ... é um pouco como se eu fosse um cigano de aluguel. Porque eu concordei com isso? Diga pra ela que ela pode ir beijar o meu saco.

EOIN Depois de Paris, você disse que queria me compensar e agora pode. Mas, porra, você não tem que ficar afim. Eu nunca te pedi pra fazer isso.

JACK   Igual a maioria das *beoirs⁵*, ela também me quer.

EOIN   E sobre a história toda, ela está sabendo? O jeito que você seguiu adiante? *(Fala com uma voz engraçada e finge segurar um microfone.)* O que aconteceu então, Jack?

JACK   *(imitando EOIN)* No seu rabo.

EOIN   Você não é mais um deles, Jack?

JACK recebe uma mensagem de texto. EOIN pega o telefone.

EOIN   Agora estamos prestes a nos beijar, não estamos? Que roupa você usa quando vai pra cama, uma pergunta meio engraçada, né?

JACK   Se ela quer saber como eu durmo, é sem cueca... E o Barry, o seu cafetãozinho, ele sabe que você está usando o Grindr? *(Gritando.)* Barry, o cafetão. Oh Eoin, você está realmente mandando ver muito bem lá. E quem é você? O garotinho de aluguel particular dele?

EOIN   Ele não grita comigo nem me bate. Ele é um homem de verdade. Oito horas... aqui em casa, amanhã à noite — hora inusitada pra estar trabalhando de casa, né?

JACK   ... Ele nunca vai se casar com você. Você sabe disso, não sabe?

EOIN parece chateado.

JACK   Pare. Estou brincando. Ele é um grande cara. Não entendo por que você não está saindo com ele.

⁵ *Beor, beure,* ou *beoir* originalmente da língua Shelta, falada entre os membros dos *Irish Travellers*, significa menina ou mulher. Fonte: https://www.dailyedge.ie/irish-slang-origins--1468945-May2014/

EOIN   Porque você não entende nada, Jack Sullivan. Você não entende nada. (*Lendo no telefone de JACK.*)

JACK   A Rooney te enviou pra tantos cursos... isso não significa que sua opinião importa.

O telefone de EOIN apita e JACK o pega.

EOIN   ...Não é à toa que a Mary-Anne deixou você...

JACK   Ela quer mais tempo.

EOIN   Quem, a Eleanor? Eu diria que os prazos são importantes pra uma mulher como ela.

JACK   A Rooney. Ela quer mais tempo... Posso ficar mais um mês aqui?

EOIN   Fica cinquenta conto a mais.

JACK   Pra que você precisa desse dinheiro?

EOIN   Você sabe onde fica a porta.

JACK   Quarenta.

EOIN   Cinquenta por mês e pare de usar minhas coisas no banheiro. (*Cutuca JACK com o cotovelo.*) Minhas camisas, você é muito gordo pra elas.

JACK   (*tentando se convencer*) Eu não vou ficar aqui por muito mais tempo. Quarenta e cinco... você tem sorte de conseguir isso.

EOIN   Por que você acha que ela está fazendo esse filme sobre a gente? Tudo isso... (*Cutuca JACK.*)

JACK   É como todo o resto. Ela estava desesperada pra caralho. Um prazo se aproximava. Somos uma... opção fácil. Você tem certeza que sabe o que estar fazendo? Eu pesquisei na internet. Ela não fez nenhum outro trabalho... Você consegue enxergar a Mary-Anne nela... como quando a gente era mais jovem, as caminhadas e as conversas.

EOIN   A Mary-Anne é uma *beoir* chique... já aquela outra é... *(Ele começa a simular uma entrevista com um microfone imaginário na mão — eles falam mal um do outro de uma maneira brincalhona.)* O pobre Jack lutou. Ah sim, em outros tempos ele foi um grande herói do esporte. Poderia ter ido até o fim, mas preferiu assinar um contrato com o Jack Daniel... que cara!

JACK   *(também segura um microfone imaginário)* Aqui temos o Eoin, que deixa qualquer um montar em cima dele. Ele nem mesmo cobra!

EOIN   Já faz um tempo, Jack... você não será capaz de satisfazer ela, ela pode até querer fazer isso na frente da câmera. *(Ameaçadoramente e com um sotaque da mídia.)*

JACK   Você é idiota de merda... Cuidado, Eoin, nós apenas temos que manter a mesma história. Não dê a ela nenhuma razão pra ir atrás e ficar fuçando algo.

EOIN   É melhor você não esteja fuçando na calcinha dela.

JACK   Não podemos mencionar o nome dele.

EOIN veste seu casaco dele.

JACK   Aquela galera do tênis de mesa, eu fiquei puto com muitos deles. Essa bosta me persegue feito um cheiro ruim. Porra, esta é a última coisa que eu vou fazer por você. Não haverá mais favores. Não haverá mais reembolsos.

EOIN, atrás do sofá, coloca o braço em volta de JACK com ternura e beija sua cabeça.

EOIN   Papai Jack. Não vá até os finalmentes com ela, Jack. Concentre a atenção dela na bebida. (*Ele está concordando com a cabeça e olhando para JACK.*) Elas adoram isso. Um ex-atleta se recuperando... melhor ainda... um cigano viciado lutando contra os demônios em sua cabeça e tendo dificuldade pra parar de beber! Você vai ser um herói do caralho!

JACK   (*desviando os olhos do jogo no computador*) E se ela fuçar demais? O que a gente faz? Como protegemos a Mary-Anne? Eoin, eu realmente fodi tudo.

EOIN   Mandar mensagens pra essa mocinha não está ajudando. (*Uma mensagem chega no telefone* dele.) A próxima da fila, a pequenina Rooney.

JACK   Vai fazer o quê hoje à noite?

EOIN   Eu não tenho permissão pra te dizer...

JACK parece frustrado.

EOIN   Ela tem o direito de fazer o que quiser.

JACK   Eu sei que ela tem o direito de fazer o que quiser. Só estou dizendo, mantenha ela em segurança. Cuide dela.

EOIN   Você sabe que ela é uma mulher adulta.

JACK   (*pegando o braço de EOIN*) Olhe pra mim. Eoin. Não se preocupe com essa merda de conterrâneos. Essa porcaria vai fazer sua cabeça. Mantenha a Mary-Anne segura.

EOIN   (*se afastando de JACK*) Você é como os homens de anos atrás tentando controlar as mulheres muito tempo depois de terem roubado a liberdade delas. Ela pode falar, olhar e ficar com quem ela quiser.

JACK circula em volta de EOIN.

JACK   Você fica aí correndo de lá pra cá pra Mamãe... Metade das coisas que você conta pra ela são inventadas... Fique fora disso. Não precisamos da sua ajuda, conselho ou da sua opinião. Tem hora que, porra, eu realmente quero te matar.

EOIN   Você teve a sua chance em Paris. Eu vou dizer a Rooney que o nome dela é Eleanor. E que você quer comer ela.

JACK   Eoin, você é um escroto.

As sombras da tela iluminam o rosto de JACK. Longa pausa. EOIN se arruma na frente do espelho e sai. JACK fica sentado olhando para a copo com a bebida que EOIN não terminou. A música "Cry Like a Man"[6] está tocando ao fundo.

---

[6] *Cry like a man* é uma canção escrita por Dan Penn, Carson Whittsett e Jonnie Barnett. Foi interpretada por Christopher Andrew "Christy" Moore, popular cantor, compositor e violonista de folk irlandês. A canção foi lançada no álbum *This is the day* em 2001. Disponível em: https://www.christymoore.com/

CENA TRÊS

JACK   O cemitério, do lado esquerdo: pessoas que não são ciganas. O lado direito — onde ele está enterrado. O Eoin,
a Mary-Anne e eu — quando estamos sozinhos a gente
fala usando as nossas gírias. Mas nunca falamos sobre o
que aconteceu. O mini-bar estava trancado. Tentei abrir,
chutando e jogando meu sapato nele. Ele ficou rindo de
mim. Fiz uma observação sobre duas camas de solteiro.
Ele disse: "Nada disso é engraçado".
"Por favor me ajude?" Então ele simplesmente deu meia
volta. Eu nunca tinha visto ele ficar tão zangado e ator-
mentado, gritando: "Você não estava lá, Jack, você não
estava lá quando ela estava chorando, quando ela não
queria ir ao médico, quando o sangue estava por toda
parte. Ela ficou pálida. Jack, você não estava lá quando
ela ficou chamando seu nome. Eles queriam salvar a
criança... você não estava lá pra dizer a eles pra salvar ela.
Eu avisei pra ele parar, mas ele não parou. O Eoin ficou
gritando que o que aconteceu com a Mary-Anne aconteceu
comigo. Ele disse que eu não era nem mesmo generoso
o suficiente pra sentir dor por procuração. Me chamou
de covarde. Eu não era um viado de merda como ele. Isso
não aconteceu comigo. Eu sou forte, mesmo quando era
jovem, as pessoas podem ter tentado... cuidadores, rapazes
mais velhos... mas eu juro...

Puxei ele, o Eoin me empurrou de volta pra cama. Ainda bêbado com o uísque do avião, tropecei e caí. Enquanto ele estava me ajudando a levantar, eu derrubei ele no chão e comecei a bater nele pra valer. Não havia como me parar. Bateram na porta. Nós dois pensamos que era serviço de quarto. Fiquei gritando pra eles irem embora, mas bateram novamente. Finalmente me levantei e abri a porta. O Eoin ainda estava deitado no chão, seu rosto cheio de sangue. Eu nunca tinha batido nele antes, não depois de adulto. Como sempre, ela foi direto pro Eoin, aí olhou pra mim e disse: Jack, você achou que estava batendo em mim? Você achou que estava me machucando?

CENA QUATRO

Apartamento de MARY-ANNE. MARY-ANNE sentada em frente a uma penteadeira. Ela tem rolos no cabelo, uma máscara facial e uma grossa camada de creme branco nas pernas. EOIN está tirando os rolos do cabelo dela e ao longo da cena remove continuamente o creme do rosto dela. Há caixas de maquiagem, peças de roupa, basque em um manequim com um par de óculos de sol. Há também um par de bengalas e uma cadeira de rodas vazia com mais maquiagem ou um secador de cabelo sobre ela.

EOIN   O que você está fazendo na sua cadeira? Não dá pra fazer o seu cabelo assim. Se sente em outro lugar.

MARYANNE   O Barry mandou mensagem hoje. Ele disse que já faz um tempo que não te vê.

EOIN   Por que você está respondendo a esse estúpido? Ele acha que pode te convencer a me fazer mudar de ideia. Nem tente, Mary-Anne. Acabou, acabou, acabou.

MARY-ANNE   Dê a ele uma chance de se explicar. Se as partes boas superarem as ruins... Além disso, eu e o Jack não estaremos aqui para sempre. Não há absolutamente nada de errado com Barry. Ele é um cara bom.

EOIN   Quando você for, eu vou, aí o Jack vai seguir a gente e o Barry pode escrever a elegia do que é ser um mau marido. Ele dorme comigo, mas não quer ser visto em público. Nem a família dele nem os amigos sabem de mim.

MARY-ANNE   Mas ele te pediu em casamento.

EOIN   Agora está todo mundo fazendo isso. Eu queria que ele levasse a gente pra Las Vegas.

MARY-ANNE   Você está se contradizendo, Eoin.

EOIN limpando a máscara do rosto de MARY-ANNE.

EOIN   Pare com o chocolate. (*Esvaziando o conteúdo da bolsa.*) O Jack está lá feito um cachorro morto. Ele provavelmente vai falar com aquela *beoir* sobre esportes ou uma merda dessas... É tudo o que ele sabe. (*Tentando minimizar o documentário.*) Eles provavelmente não vão usar ele.

MARY-ANNE   Que porra é essa que você anda fazendo? A gente não pode permitir que estranhos entrem em nossas vidas, o Jack sabe disso. Se você voltasse com o Barry, não estaria fazendo esse tipo de coisa.

EOIN   Pra mim já deu. Estou saindo com uma pessoa que não é cigana.

MARY-ANNE   (*rindo*) O homem te adora. O amor é um grande comprometimento.

EOIN   O Jack nunca se sente obrigado a pensar em ninguém a não ser em si mesmo. Ele só faz o que quer e é isso que eu estou fazendo.

MARY-ANNE   O Barry merece mais e você é melhor que Jack Sullivan. Eoin, quem é essa aí?

EOIN   Ela é uma *beoir esnobe* da zona sul de Dublin[7]. Nasceu em Sligo, mas fala com um sotaque americano. Ela não é

---

[7]   A cidade de Dublin é dividida em regiões postais numeradas de 1 a 24, como, por exemplo, D4. Os bairros de números ímpares se localizam na região norte e os de números pares

apenas uma sem noção, é também um pouco negligente e inofensiva. Tudo pra ela é trabalho, trabalho, trabalho.

MARY-ANNE   Ela é como nós? Obviamente não é uma...

EOIN   Tenta ser... mas falha terrivelmente.

MARY-ANNE   Ela provavelmente tem uma mente brilhante, é o que dizem sobre todos nós, grandes mentes, corpos de merda.

EOIN   Você até que poderia...

MARY-ANNE   Eu falar com a porra de uma jovem que não sabe de nada com nada?

EOIN   *(olhando para ela, segurando a mão dela)* Calma, não há risco. Só estou farto de ver você e o Jack se matando.

MARY-ANNE   Suponha que alguém daquele lugar veja a gente?

EOIN   Que se fodam! O que eles já fizeram por alguém?

MARY-ANNE   Esse não é o ponto. Se dessem a eles meia oportunidade, ainda assim iriam gostar de expor a gente.

EOIN   O que eles podem provar?

MARY-ANNE   O musical "Aldeia dos aleijados", Eoin, vamos produzir isso nem que seja aqui em casa. Diga pra todo mundo que a gente conhece pra vir. Essa coisa de documentário, relembrando você do passado... Tem certeza que vale a pena.

EOIN   Você não está simplesmente dizendo isso.

ficam no lado sul. A zona sul possui os aluguéis mais caros. Disponível em: https://www.myguidedublin.com/regionalinfo/d4-area

MARY-ANNE Escolha uma noite daqui a dois meses e aí você pode fazer a sua dança e ser Billy Elliot.

EOIN Lembra anos atrás, quando a gente ia a todas as reuniões.

Ambos riem.

MARY-ANNE As pessoas só apareciam pra reclamar. A gente quase não vê mais ninguém dos velhos tempos. Reunião após reunião. Relatório após relatório. A vida da geração passada foi pior do que a nossa. Despejos.. trinta anos pra nada...

EOIN Eu estava falando pra ela sobre transporte acessível... Vida independente. Aquela tal de Eleanor me disse que não se lembra de nenhuma época em Dublin que a gente não pudesse usar transporte público. Quero dizer, ela pode ser meio burra e sem noção, só o que me deixa puto da vida é ela não conhecer sua própria história sobre jovens aleijados.

MARY-ANNE A gente tem a nossa história, mas ninguém nunca escreveu isso.

EOIN Não diga isso. Mary-Anne. Eu sempre soube quem eu era.

MARY-ANNE A história deles afeta a nossa história. E nossa história afeta a história deles.

EOIN Vamos lá, Mary-Anne, vá em frente. Combina com você.

MARY-ANNE Os últimos quinze anos só produziram pessoas como ela. E toda essa porra de documentários horríveis.

EOIN Quando está trabalhando, ela usa um crachá em volta do pescoço que diz "Acesso a todas as áreas". Eu perguntei se ela era algum auxiliar técnico de merda de alguma banda de aleijados, estamos sempre a procura deles.

MARY-ANNE Os jovens, eles se contentam e escondem quem são. Mas raspe a superfície e eles vão se mostrar tão violentos e revoltados quanto a gente foi.

EOIN *(olhando para ela inexpressivamente)* Tente novamente. Desta vez, não perca o foco da mensagem e com um pouco mais de paixão. *(Os dois começam a rir.)*

MARY-ANNE Desculpe, eu não sei de onde tudo isso veio. Ficar sozinha, isso me assusta. Não há mais ninguém. Só o Jack.

EOIN Rooney, é passado. Ele fez você se sentir assim. Conversa mole dele. Só porque ele faz uma coisa certa, isso não é o suficiente. Rooney, não é o suficiente.

MARY-ANNE Eoin, isso ainda mexe comigo, essas ideias que nós tivemos uma vez.

EOIN Ideias sobre Jack Sullivan? *(Ambos riem.)*

MARY-ANNE *(joga o travesseiro nele)* Quando eu ouço você falando sobre elas, aquele fogo na minha barriga, ele começa a esquentar de novo.

EOIN Você estava tão empenhada como nos velhos tempos. Apenas participe do documentário e acabe com toda essa merda. Jack fraquejaria. Ele vai pensar que você está falando que o pau dele não está funcionando. *(Ambos rindo.)* Vá em frente e participe dele, deixa eu dizer ao Jack que você vai participar, por favor, Rooney.

CENA CINCO

EOIN e ELEANOR em uma cafeteria.

ELEANOR Está se divertindo um pouco com isso?

Longa pausa. Ela faz caretas, imitando "você está bem". Desliga a câmera.

Eoin, o que há de errado?

EOIN tenta falar, afastando-se da mesa, movendo-se em direção à porta.

ELEANOR Aonde você vai? Nós nem começamos.

EOIN Você está me confundindo. Vou receber dinheiro por isso?

ELEANOR Não, mas você vai ganhar fama, agora se aproxime. Posso deixar a câmera desligada por um tempo. Não precisamos ter pressa. (*Ficando toda animada.*) A cultura cigana é tão rica, tão cheia de textura. Fale sobre isso. Música e contação de histórias.

EOIN (*olhando fixamente para ela*) Meio como as pessoas que não são ciganas entendem o *Riverdance*?[8]

Eleanor verifica seu telefone.

EOIN Peça ao Jack pra fazer isso. Você gosta dele.

---

[8] Espetáculo teatral que consiste em música e dança irlandesa. Disponível em: https://riverdance.com/

ELEANOR Se você não quiser fazer isso, vamos parar por aqui. Eoin, por favor. Tome uma decisão. Fico feliz de qualquer maneira.

EOIN Ellie alegre e animadinha. É tudo um jogo para você.

ELEANOR Terminamos. Quem sabe, no futuro, se houver uma continuidade, a gente possa fazer algo, quando houver um pouco mais de preparação e mais pessoas pra te apoiar. (*Inclinando-se para EOIN e falando com uma voz suave.*) Essas coisas não são indicadas pra todo mundo.

EOIN Você se acha melhor do que eu... Você não pode mandar em mim... ou me difamar. De qualquer forma, você é igual a nós.

ELEANOR Não. Não sou. Tenho uma doença rara. Tão rara que não pode ser diagnosticada. Tenho que ir pra Londres ou Nova York pra fazer tratamento.

EOIN (*olhando fixamente para ela*) Você é mesmo muito rara.

ELEANOR Isso não importa. Rótulos e patologias. Eu não me identifico.

EOIN Mas as outras pessoas te dizem o que você é.

ELEANOR Você está sendo muito injusto.

EOIN ...escola especial, classe especial...está escrito em todo o seu rosto presunçoso...

ELEANOR Ou você termina a história ou conta uma diferente. Nós começamos aquela história da linha amarela na hora do recreio oito vezes e não conseguimos terminar.

Longa pausa.

EOIN   (*olhando para ela inexpressivamente*): Por que você não enfia sua bunda aleijada em outro lugar? Por que não dá ela pro Jack? É disso que realmente se trata esse documentário. Você está difamando o nome das mulheres que não são ciganas.

ELEANOR   Me conte sobre sua família.

EOIN   Minha mãe foi parar em uma daquelas lavanderias[9]... Havia rumores de que algum homem de fora da comunidade cigana estuprou ela... Então a família achou que ela era uma vergonha, e aí simplesmente colocaram ela lá e eu nasci... Eles costumavam chamar a gente de rejeitados. Sujeira da estrada.

ELEANOR   O quê?

EOIN   O Jack e a Mary-Anne não querem que eu use esta palavra, mas era assim que eles costumavam se referir a nós. Rejeitados. A sujeira da rua.

ELEANOR   você quer dizer que você foi levado?

EOIN assente com a cabeça.

EOIN   O Jack me mataria por estar dizendo isso, mas eu não ligo. A Rooney e o Jack me criaram. Eles se certificaram de que eu soubesse quem era meu povo.

---

[9] As Lavanderias de Madalena na Irlanda, também conhecidas como asilos de Madalena, foram instituições organizadas geralmente por ordens católicas romanas. As instituições funcionaram do XVIII até o final do século XX. Estima-se que quase 30 mil mulheres passaram por essas instituições. O último asilo de Madalena encerrou suas atividades no ano de 1996. Disponível em: https://www.oarquivo.com.br/

ELEANOR Já tentou encontrar sua mãe ou algum de seus outros parentes?

EOIN Não precisa. Quando você não conhece eles, você nunca sente falta deles. Uma vez que você sabe quem você é, todo o resto se encaixa.

ELEANOR Você nunca se cansa disso tudo? Todos os diferentes...

EOIN Deve ser horrível, se preocupar se alguém vai notar em você aquela parte que você está tentando esconder. Eu não dou a mínima pro que as pessoas dizem sobre mim. Vivo a minha vida do jeito que eu ela tem que ser vivida.

ELEANOR (*desligando a câmera*) Você tem mais do que uma história cigana.

EOIN olha para Eleanor.

ELEANOR Você sempre soube...que era gay?

EOIN A coisa que eu mais odeio, todo mundo diz que você não é nem uma coisa nem outra, que eu nem sou cigano nem faço parte da comunidade dos que não são ciganos. O que eles estão realmente dizendo é que eu não sou humano.

ELEANOR No ano passado você participou da festa do referendo[10]?

EOIN ...a grande festa dos que não são ciganos.

ELEANOR Uma festa dos não ciganos?

---

[10] Nesse caso, a palavra "referendo" se refere ao referendo histórico ocorrido no ano de 2015 sobre o casamento gay na Irlanda. A Irlanda se tornou o primeiro país do mundo a aprovar em um referendo o casamento entre pessoas do mesmo sexo. Disponível em: http://g1.globo.com/mundo/noticia/2015/05/irlanda-aprova-em-referendo-o-casamento-gay-diz-tv-local.html

EOIN   Sim. Se eles podem reconhecer a homofobia, por que não podem reconhecer o racismo. Sem mais perguntas. Estou farto deles. E estou farto de você.

ELEANOR   Vocês todos veem tudo em termos tão rígidos.

EOIN   Ah, vá se ferrar, Eleanor.

ELEANOR   Mais cinco minutos... (*EOIN assente com a cabeça, Eleanor liga a câmera.*) Não olhe pra mim. Olhe pra câmera. (*Ela gira a câmera sobre a mesa para checar o som.*) Vá em frente. Tente de novo.

EOIN   Ano após ano ficam pedindo esmolas pros seus carros, férias, bônus e pensões.

ELEANOR   (*levantando a voz*) Isso não está funcionando. (*Ela fala devagar.*)

EOIN   Me pergunte, apenas me pergunte qual é a minha maior conquista, você vai adorar... eles vão adorar.

ELEANOR   Qual é a sua maior conquista?

EOIN   No dia 23 de novembro debaixo de vento e chuva eu vendi... setenta e quatro coelhinhos.

ELEANOR   Pare com isso, Eoin...

EOIN   ... eles nunca viram a porra de um centavo disso. (*Gritando.*) É verdade, nossos beneficios estão sendo cortados os deles... Eles disseram que já que eu sou cigano, mendigar deve ser o meu forte. A Mary-Anne e eu esvaziamos nossas caixas, nos arrumamos... Compramos nossas roupas de Natal, comemos uma coisinha em um lugar chique e aí fomos pra pantomina... foi a última vez que nos obrigaram a mendigar...

ELEANOR   Você não pode dizer isso na frente câmera.

EOIN   Vá se foder, Ellie. Você pode tentar editar minhas palavras, mas não pode editar minha realidade. (*Inclina-se mais para perto e pega a câmera.*) Vou enfiar esse microfone no seu rabo.

ELEANOR   Você leu o contrato. Você assinou.

EOIN   (*para a câmera*) Aos sete anos a Mary-Anne se tornou minha mãe. O fato de eu ser mais velho não importava. Somos ciganos, isso é tudo o que importa. Em vez de ter uma boneca pra brincar, ela tinha a mim. Aí as freiras me colocavam de volta com os meninos que me tratavam como uma menina. A maioria deles só me usava pra sexo. Você tinha muitos privilégios dos garotos mais velhos se caso você chupasse o pau deles. Doces, limonada e uma garantia de que não te dariam uma surra ou te empurrariam.

A Mary-Anne, ela sabia, porque à medida que ela crescia os rapazes faziam isso com ela também. O Jack nunca me quis. Na verdade, ele era um dos agressores. Mas um pau nunca iria satisfazer ele.

Todos nós convivemos com isso. Eu e a Rooney. Não apenas com o que aconteceu conosco, mas com a memória de todo o sistema. Nossos amigos, pessoas que amamos. (*Pausa.*) Pessoas que não estão conosco agora. O Michael era um deles. Ele foi o primeiro amor da Rooney. Os lugares não podem ser substituídos. As memórias não podem ser abaladas. O Jack Sullivan não conseguia viver sua própria vida e é por isso que ele teve que encontrar a mim e a Rooney.

Ele só fica preso ao passado. E aí fica tentando se convencer de que não teve nenhuma interferência ou participação nele. Nesses lugares, nessas instituições, tanto quanto todo o vazio, a dor e o nada, às vezes também existe amor. Só um pouquinho. Nem todo mundo recebe esse amor. Eu recebi o amor da Rooney. E a Rooney recebeu do Michael. Agora ela tenta dar esse amor pro Jack, mas ele não consegue aceitar. Há muito veneno dentro dele. Ele está fechado. O grande e forte Jack Sullivan às vezes fica sentado lá olhando pro nada, as mãos cerradas como um boxeador, resmungando nomes e datas. A maioria das pessoas não consegue ficar perto dele por muito tempo. Uma palavra errada e ele pode explodir e causar danos a qualquer coisa ou a qualquer um próximo a ele. Eu era um homem e ele era apenas um menino de nove ou dez anos. As primeiras palavras pra mim foram: "Eoin, não deixe as pessoas tirarem vantagem, você não é atrasado ou lento. Não seja igual a esses tolos que não são ciganos". É por isso que eu amo Jack Sullivan.

EOIN apanha a câmera.

ELEANOR Não leve minha câmera.

EOIN Agora estamos jogando conforme as nossas regras. Você disse que esse acordo era inteiramente sobre confiança. Se eu não posso ser um dançarino, serei a porra de um editor. O material a ser editado está novamente no escritório. Me diga o que você quer que seja excluído. Aquele episódio sobre minha mãe. Eu excluo isso. Poderia causar encrenca...

ELEANOR   Você nem mesmo precisa participar do programa.

EOIN   Isso é o que você queria o tempo todo. (*Inclina-se para perto de Eleanor.*) O dia não tem horas suficientes pra que você consiga fazer o seu trabalho. A Eleanorzinha ocupada, mandando mensagens pro Jack às onze da noite.

ELEANOR   ... não é da sua conta.

EOIN   Você é tão fofa, Ellie, qual homem não gostaria dessas perguntas? (*Preparando-se para sair e dirigindo-se para porta.*) Pare de brincar com ele. Vá buscar sua sem-vergonhice em outro lugar.

ELEANOR   Eu não estou brincando com ele... (*Pausa.*) A Mary-Anne, ela vai falar comigo algum dia?

EOIN   Se concentre no Jack.

ELEANOR   Estou tentando conseguir filmar tudo. Precisamos de uma mulher... que é a...?

EOIN   Tem uma maneira da Mary-Anne falar com você.

Eleanor sorri e parece animada.

ELEANOR   Como?

EOIN   (*abrindo a porta e olhando de volta para ela*) Se eu disser a ela que você está tendo um casinho com Jack.

Ele deixa o local.

Ele está chorando.

Apartamento de EOIN. EOIN entra. JACK está dormindo na cadeira. EOIN se move silenciosamente em torno de JACK. Ele coloca a câmera no canto. Quando ele está saindo, puxa o cobertor em volta de JACK e tira os sapatos dele. Ele guarda a garrafa de uísque e então coloca uma almofada sob a cabeça de JACK.
Pode haver música de fundo. A televisão ainda está ligada, mas não há som. A bebida que EOIN esteve tomando antes ainda está na mesa. Ele termina com ela e então vai embora.

CENA SETE

Apartamento de EOIN. Noite. JACK e Eleanor estão sentados em um sofá.

ELEANOR   *(mostra a garrafa de vinho, faz uma pausa)* Merda. Merda. *(Muito envergonhada, coloca a garrafa de volta na bolsa.)* Não estava pensando.

JACK ri.

ELEANOR   Desculpe pelo vinho.

JACK   ... Eu deveria ter parado de beber anos atrás.

ELEANOR   Sua primeira bebida?

JACK   Guinness... nada de Pernod e Coca-Cola. *(Ambos riem.)* Muito macho. Conseguia todas as mulheres.

ELEANOR   Que idade você tinha?

JACK   Quinze. Era um bar do outro lado da rua da escola especial. Eu e outro cara...

ELEANOR   Eoin?

JACK   Um cara chamado Michael. *(Pausa.)* Naquele tempo não havia cadeiras elétricas. Quase morri empurrando ele pro outro lado da rua. Juntamos nosso dinheiro. Você não era um homem a menos que bebesse.

ELEANOR   Nada realmente mudou.

JACK   Você bebe muito?

ELEANOR Mamãe e papai, eles costumavam me oferecer uma taça de vinho tinto no jantar quando eu tinha treze ou quatorze anos. Eles achavam que éramos franceses ou italianos. (*Ambos riem.*) Aí tinha o bar da associação estudantil, um bando de garotas sentadas atrás dele pra ouvir qual era a promoção especial do bar naquela semana.

JACK Você consegue se lembrar de alguma dela?

ELEANOR Sim. Vodca e vinho branco, Pinot Grigio. No bar esperando que alguém... (*Risos.*)

JACK As garotas, suas amigas, ainda estão por aí?

ELEANOR As pessoas ficam à deriva.

JACK Ficam à deriva ou se afogam. (*Ambos riem.*) Qual era o seu plano de sedução?

ELEANOR Eu ficava sempre esperando que seja quem fosse que me interessasse estivesse bêbado o suficiente pra cair em cima de mim.

JACK Eles caíam?

ELEANOR Se alguém caísse cima de mim, seria provavelmente porque estava indo em direção a outra pessoa.

JACK Com sua aparência e tipo de trabalho, eles devem estar fazendo fila pra cair em cima de você.

ELEANOR Ah sim.

JACK aproxima-se de Eleanor e a beija — o beijo fica mais apaixonado. Ele se distancia um pouco, mas não demasiadamente, ela o puxa de volta e começa a beijá-lo novamente.

CENA OITO

O apartamento de EOIN. Na manhã seguinte, Eleanor e JACK estão na cama. Eleanor pega uma fotografia dele e de MARY--ANNE no aparador. JACK se vira, e toma foto dela, e então a posiciona com a frente voltada para baixo. Ele está de peito nu.

ELEANOR   Cadê meu sutiã? *(Ela está enrolada em um lençol ao redor dela e ela está procurando freneticamente.)*

JACK   Seu chá.

ELEANOR   Existem maneiras pra que eu pudesse fazer as coisas de forma diferente? .... na cama? As cicatrizes, o botox, o formato do meu corpo...

JACK   Não há nada de errado com você.

ELEANOR   Normalmente não me incomoda o que os homens pensam.

JACK   Está tudo errado. Eu não deveria ter...

ELEANOR   Sou eu?

JACK   Estou velho. Isso é tudo. Não sou capaz de fazer do jeito que você gostaria. *(Ambos ficam em silêncio enquanto se vestem.)*

ELEANOR   Não é sobre idade... você ainda quer a Mary-Anne.

JACK   Não era complicado do jeito que é agora.

ELEANOR   As coisas geralmente são complicadas porque valem alguma coisa.

JACK   Mesmo o Eoin, ele não vai admitir que o corpo dela está mudando. Ela sabia que isso iria acontecer. Achei que poderíamos...

ELEANOR   Fale com ela sobre tudo isso.

JACK   E vendo ela perder pedaços de si mesma.

ELEANOR   No acampamento em que sua família está morando, seus irmãos... Você sabe alguma coisa sobre as rixas? Gangues?

JACK olha para ela inexpressivamente. Ele estende o braço até o chão silenciosamente e entrega um sutiã para ela. Eleanor o coloca na bolsa e continua se vestindo.

ELEANOR   Meninos na escola. Havia alguns rapazes ciganos — todos praticavam boxe. Corpos em forma. Você sabia que eles nunca iriam terminar o ensino médio ou obter o Diploma de Conclusão.[11] Um deles...Stephen era o nome dele... (*JACK parecendo confuso e angustiado.*) É a parte que o Eoin gravou pra câmera. Ele continuou querendo falar sobre a linha amarela. Algo sobre o pátio da escola.

JACK   Havia uma linha amarela no pátio da escola. Ciganos de um lado. Mantidos longe dos não ciganos. Quando o Eoin se comportava mal, eles faziam ele pintar a linha amarela

---

[11] Na Irlanda, o sistema de ensino de segundo grau é dividido em dois ciclos chamados de Ciclo Júnior e Ciclo Sênior que são concluídos após 5 ou 6 anos. O Ciclo Júnior abrange os três primeiros anos. O Ciclo Sênior são os dois anos finais. Há também o *Leaving Cert*, também chamado de *Leaving Certificate*, que é o exame final de Ensino Médio e exame de matrícula para universidade da Irlanda, Disponível em: https://elischools.com/pt-br/a-educacao-irlandesa/

e se ele não fizesse ela reta ou da forma adequada, tomava porrada pra cacete.

ELEANOR *(longa pausa de perplexidade)* Isso nunca...

JACK Você não pode simplesmente deixar ele ter o momento dele?

ELEANOR Eu não parabenizo. Ele é muito... muito incapacitado, muito cigano.

JACK Certo, então, o que é que você quer? O cigano, o cigano domiciliado e bem-comportado ou o vagabundo,[12] como eu?

ELEANOR Ele simplesmente não é a pessoa certa pra este documentário.

JACK Aquela porra de musical era importante pra eles.

ELEANOR Antes de conhecer ela, você estava com outra pessoa?

JACK Você nunca vai parar, né? Caralho, mais perguntas... Você pode foder comigo, não com Eoin. *(Tom de auto-deboche.)* O Eoin é como nosso filho, o filho que nunca tivemos...

ELEANOR Qual foi *(pausa)* ... o que te atrai? Vocês queriam filhos, você e a Mary-Anne?

JACK Não mais. Pare.

Ele está se movendo pelo espaço. Ansioso para se manter em movimento. A intenção de Eleanor é desacelerar tudo com

---

[12] Na Irlanda, o termo *knackers* é usado para se referir aos *Travellers* de forma pejorativa. Disponível em: https://www.crimetalk.org.uk/index.php/library/section-list/935-censure--travellers-abortion

perguntas. Atrasando mais com movimentos que bloqueiem Jack, mas não de uma maneira óbvia.

ELEANOR Seu amigo Michael, ele morreu há muito tempo?

Jack a ignora.

ELEANOR O orfanato das crianças? Quantas vezes isso aconteceu? E quantas delas morreram?

JACK Você está me perguntando isso às oito da manhã.

ELEANOR Estou curiosa, crianças ou adolescentes não morrem do nada.

JACK A condição dele era degenerativa, progressiva...

ELEANOR A do Michael, aquele que você trouxe pro bar quando você era mais jovem? Qualidade ou quantidade de vida?

JACK Eu preciso ir trabalhar.

ELEANOR Este é o meu trabalho... Você parece que está rodeado de uma série de mortes.

JACK Pelo amor de Deus, você não pode ter tudo de mão beijada.

ELEANOR O direito de morrer e o direito de viver — é o mesmo?

JACK Eu não sei e neste momento eu não dou a mínima pra isso. Agora saia da minha casa.

ELEANOR É a casa do Eoin... As pessoas nem sempre sentem que suas vidas valem a pena ser vividas.

JACK De onde tiramos isso?

ELEANOR   Mas se...

JACK   Quantos dias de merda você teve? Dias realmente difíceis?

ELEANOR   Ok, momentos como agora, quando eu me sinto um incômodo, atrapalhando, e não sou merecedora de uma resposta e fico perdendo muito tempo esperando demais. Esses são dias ruins. Talvez na escola ou na faculdade. Eu me sentia isolada, ignorada, solitária. Novas identidades... o ritmo da vida muda, tudo isso é difícil pras pessoas.

JACK   Então, todos nós temos esses dias.

ELEANOR   E quanto à dor e ao fardo pras nossas famílias ou pra sociedade? Há uma visão lá fora de que seria melhor se estivéssemos melhor mortos.

JACK   Ou que fossemos forçados a assimilar. A vida é uma merda. Sofrimentos, solidão, arrependimentos, rejeição, ambições frustradas, sonhos e esperanças, lutas, mas nós ainda valemos alguma coisa. Não acredite nessa merda de vergonha internalizada.

ELEANOR   Minha nossa, Jack, não achei que você tivesse isso dentro de você. O Michael, você ainda sente falta dele?

JACK   Vai acontecer com você também. Talvez seja mais lento, talvez esteja mais distante, mas você precisa tomar cuidado pra fazer as escolhas certas.

ELEANOR   Do que você está falando? Todos nós determinamos nosso próprio futuro. Ao contrário de você, eu estou no controle.

JACK   Se prendendo a um monte de coisas. O que você contou pro Eoin? Você não é como nós.

ELEANOR   Eu não me identifico. O que há de tão terrível nisso?

JACK   Você vai ver.

ELEANOR   Pare com isso, Jack. Você não precisa me dizer o que pensar ou falar ou fazer. Pra mim, você não é ninguém Jack Sullivan; O grande homem fracassado. Mas você colocou tudo a perder Sabe de uma coisa, Jack? Isso vai aparecer na câmera. Nenhuma edição vai ser capaz de corrigir isso.

JACK   (ri amargamente): O Eoin está certo. Você é mimada e está com medo. Apavorada com seu corpo... assustada com a gente.

ELEANOR   Isso é muito relevante vindo de você, Jack. Você que tem vivido sua vida esvaziando garrafas. O Eoin pegou a câmera ontem. Eu quero ela de volta. E quero a Mary-Anne pra uma entrevista.

JACK   (risos): Isso não vai acontecer. (Pausa e balança a cabeça para o alto.) A noite passada foi sobre a porra do documentário.

ELEANOR   (calmamente) Esportistas... não sobra muito pra eles... quando o jogo termina... Pegue a câmera de volta, então eu vou dar o fora da sua vida.

JACK   ... e você está pedindo minha ajuda?

CENA NOVE

Apartamento de MARY-ANNE. Há três quadros na parede.
Um de Frida Kahlo, um de Jack com um troféu de boxe sobre o
joelho, e o outro com MARY-ANNE e EOIN, onde ambos estão
usando boás de plumas e rindo.
EOIN empurra dinheiro para MARY-ANNE. MARY-ANNE
olha para o dinheiro, mas não o toca.

EOIN Mesmo que seja minha culpa, é melhor você ficar do meu lado.

MARY-ANNE Desde sempre só existe um lado.

EOIN Ela queria detalhes sobre o Jack e sobre você.

MARY-ANNE Quem...

EOIN Cale a boca, Mary-Anne, estou te contando o que aconteceu. Eu dei uma lição nela.

MARY-ANNE se desloca para perto de EOIN.

EOIN se levanta rapidamente e sem motivo algum começa a aspirar e
a limpar. MARY-ANNE tem que sair do caminho de EOIN.
Por fim, ela consegue desligar o aspirador.)

EOIN olha para MARY-ANNE, enquanto ela volta a ligar
o aspirador.

MARY-ANNE *(puxando o plugue novamente)* O que há de errado? Apenas diga ao Jack pra se mudar, você não deve nada a ele.

EOIN   Dessa vez não é com ele.

MARY-ANNE   Eoin, se você não me contar eu não posso te ajudar.

EOIN   Você vai dizer que fui eu que provoquei isso, mas ela é uma puta daquelas que vai pra cama com todo mundo, e ela sabe disso. Era pra ser sobre mim e minha dança.

MARY-ANNE   Uma audição? Eles conseguiram arranjar um *walkie-talkie* pra tocar pra você. Ou um idiota de pessoa de fora da comunidade cigana?

EOIN   Não.

MARY-ANNE   Se não é a internet, é a porra do Grindr. Eoin, essas coisas são perigosas.

EOIN   Pare de gritar comigo, eu tenho que fazer as coisas sozinho, sem você e sem o Jack. Tenho que arriscar. Isso é o que você fica me dizendo.

MARY-ANNE   Não na internet e não com pessoas que você não conhece.

EOIN   Eu não sou seu filho. Pare de falar comigo desse jeito.

Mary-Anne (*calmamente*): Você está aprendendo com Jack a forma de me machucar.

EOIN   Você nem vai me deixar terminar. Tirei a câmera dela, tenho tudo o que foi dito. Isso é o que estou tentando te dizer... eu enganei ela no final.

MARY-ANNE   Onde está a câmera agora? Me mostre o que tem nela. Vamos assistir no computador e descobrir quem ela é.

EOIN   Oh, eu posso te contar tudo sobre ela. Uma super-heroína aleijada, se é que já houve alguma. Colocou botox até os olhos, você não ia gostar dela, Mary-Anne. É por isso que eu tive que parar com isso. Comecei e agora acabou. (*Irônico.*) "Não me identifico".

MARY-ANNE   E o Jack? O que ele disse na frente da câmera?

EOIN   Nada demais, apenas ficou falando sobre esporte...

MARY-ANNE   Por que você iria querer contar alguma coisa a ela, Eoin? Nossas vidas têm que ser privadas, você entende isso, nós conversamos sobre isso.

EOIN   Todo mundo faz isso. De qualquer forma, você não pode simplesmente me culpar. Jack conversou com ela, ele se abriu pra ela.

MARY-ANNE   Onde está a câmera, Eoin?

EOIN   Isso só vai te chatear, você não precisa assistir ao que ele disse. Ele só fala merda mesmo.

MARY-ANNE   A câmera, Eoin, onde está? Não importa de quem seja, ela vai vir atrás de você. Ela vai te processar por roubo.

EOIN   Depois que tiver resolvido tudo, ela pode pegar de volta.

MARY-ANNE   Minha Nossa Senhora... A câmera, Eoin.

EOIN   Por favor, Mary-Anne, não.

MARY-ANNE   Além daquele lugar, sobre o que mais você falou? (Pausa.) Me mostre. Ela provavelmente tem uma cópia máster se for para a televisão.

EOIN   Eles vão vir nos pegar e vão colocar nós três na cadeia.

MARY-ANNE   Quantas vezes eu te avisei, quantas vezes Jack te disse.

MARY-ANNE   A câmera, Eoin, me mostre o que tem nela.

EOIN   Ela disse "Me conte sobre a escola".

MARY-ANNE   E depois? Pare de esconder as coisas de mim.

EOIN   Meu Deus do céu.

Ele assente.

Mary-Anne liga seu computador e EOIN conecta a câmera.

CENA DEZ

Apartamento de MARY-ANNE. MARY-ANNE está sentada no chão desmontando sua cadeira de rodas esportiva. Há rodas e ferramentas por todo o chão. À esquerda de MARY-ANNE há um estojo de maquiagem estilo anos 50. Um laptop está aberto sobre a mesa. ELEANOR coloca a mão na roda da cadeira e começa a girá-la. MARY-ANNE para a roda e estende a mão para pegar uma chave inglesa. A caixa de ferramentas está um pouquinho distante. ELEANOR passa a chave inglesa para MARY-ANNE. MARY-ANNE continua a trabalhar em sua cadeira. ELEANOR está realmente desconfortável.

ELEANOR A campainha tocou. Papai abriu a porta. Quatro homens encapuzados invadiram a casa. Eles levaram tudo. Papai ficou tremendo durante dias. Eles quebraram o braço dele. Os homens — um deles — me disse pra subir e ficar lá em cima. Depois disso, durante semanas, anos... aos nove anos, foi quando comecei a fazer xixi na cama. Minha mãe ainda toma comprimidos pros nervos. Apenas um dos homens falou. Ele tinha um forte sotaque.

MARY-ANNE olha para ela silenciosamente.

ELEANOR avança e tropeça.

MARY-ANNE aponta para a cadeira de rodas.

ELEANOR se levanta lentamente. MARY-ANNE vira a cadeira de rodas para o lado certo e hesita antes de se sentar na cadeira.

ELEANOR Iluminação suave, seu cabelo caindo no rosto. Pode ajudar a passar uma imagem mais delicada. Uma imagem mais familiar dos ciganos... se a gente for filmar...

MARY-ANNE a ignora e coloca as ferramentas de volta na caixa.

ELEANOR Eu entendo... Você está no comando, mas você não me intimida... o Michael, o que vocês todos fizeram com ele?

MARY-ANNE Então agora você é juiz, júri e carrasco. Não fizemos nada. Nós éramos crianças. Sua pergunta deveria ser o que eles fizeram conosco? Quantos de nós eles deixaram morrer?...Nada de perguntas, nada de inquérito, nada de culpa.

ELEANOR Bem, eu não sou responsável pelo que pessoas que não fazem parte da comunidade cigana fizeram com vocês.

MARY-ANNE Nós ajudamos ele a fazer o que ele não conseguia fazer. Deus estava chamando ele.

ELEANOR Não é assim que um tribunal veria isso.

MARY-ANNE Sério? Como um tribunal veria um jovem pesquisador de classe média não cigano tirando vantagem de um cigano vulnerável com deficiência de aprendizagem?

ELEANOR Isso é sobre o Michael.

MARY-ANNE É também sobre o Eoin. Você tem um jeito ruim de abordar as coisas — ou talvez você pense que não precisa de nada além da câmera quando está lidando com gente como nós.

ELEANOR Um jovem morreu. O Jack e o Eoin foram as últimas pessoas a fazer companhia pra ele. Você instruiu eles...

MARY-ANNE aperta o play no laptop. Ouvimos gemidos.

MARY-ANNE Isso vai ficar ótimo no seu documentariozinho, vai apimentar as coisas.

ELEANOR tenta pegar o laptop.

MARY-ANNE Eles adorariam saber como transamos, quais posições. Em seguida, você humilha ele e faz com que ele se abra sobre o alcoolismo? Você não conseguiu se decidir sobre qual tipo de pornô usar... o da tragédia ou aquele em que você é a própria estrela?

ELEANOR ... é isso que o Eoin estava tentando fazer?

MARY-ANNE Houve um tempo em que as pessoas se seguravam. Privacidade é uma linguagem esquecida. Tudo está tão disponível, tão vulgar, tão grosseiro, as pessoas não sabem mais como dizer não. Que merda é essa de "não me identifico"?

ELEANOR Estou processando.

MARY-ANNE Diga pra sua mente pra se apressar. As coisas estão se movendo muito rapidamente.

Ela olha para ELEANOR.

Ela pega o laptop, afastando-o de ELEANOR.

MARY-ANNE Em alguns anos você terá história. Você vai ter feito coisas das quais se envergonha. Você vai ter machucado outras pessoas. E, minha pequena Ellie sua voz elegante vai se transformar em outra coisa. Começa com esforços educados de sua parte, se repetindo, fazendo o possível pra prender a atenção deles. Então eles gentilmente terminam suas frases... só que elas não serão mais suas frases. Por fim, eles exibem um ar ausente, eles já saíram da conversa quando você ainda está se apresentando.

ELEANOR (*fechando o laptop*) Desligue essa porra. (*Ela tenta ficar menos zangada.*) Podemos simplesmente ir além de duas mulheres brigando por um homem?

MARY-ANNE Não se iluda... Não estamos brigando por um homem. Talvez seja isso que as mulheres não ciganas competem pela atenção masculina. O que você e eu temos pra resolver é maior do que qualquer homem.

ELEANOR Isso é o melhor que você consegue fazer?

MARY-ANNE Você entra em nossas vidas pensando que vai se encontrar, descobrir o quão diferente, o quão melhor, o quão mais inteligente você é... Deixa eu te dizer uma coisa. Nossas vidas... não temos nada em comum além de termos dormirmos com o mesmo homem que dormiu com muitas mulheres como nós... Nosso gênero, nossos valores, nossa deficiência... não há nada...

ELEANOR ...você está gostando disso.

MARY-ANNE (*rispidamente*) Ele está sempre procurando por uma versão mais jovem de mim. Você não é nada especial. E nós duas sabemos que o Jack facilitou. Ele não se importa em ser usado, não quando o sexo faz parte da transação. Deve ser difícil pra você. Olhando pra nós. A maneira como a gente se move, a maneira como a gente fala. Ouvindo nossas histórias.

ELEANOR Você não é tão incomum, apesar do que pensa.

MARY-ANNE Uma historinha triste de uma mulherzinha *beoir* triste. Eu não sou essa *beoir* de merda e enquanto você estiver na minha casa me mostre algum respeito.

ELEANOR tenta instalar a câmera. Ela simplesmente não consegue fazer isso.. MARY-ANNE a ajuda. As duas mulheres instalam a câmera. MARY-ANNE entrega uma escova de cabelo para ELEANOR. ELEANOr escova o cabelo. MARY-ANNE coloca copos e uma garrafa de Martini sobre a mesa.

MARY-ANNE (*servindo bebidas*) Um brinde aos estereótipos...

ELEANOR Posso ligar isso?

MARY-ANNE Ainda não. Não terminamos de limpar sua bagunça.

MARY-ANNE Da próxima vez, tenha cuidado com o que você está fazendo e com quem você está fazendo. Este é o problema da sua geração. Apesar de toda essa sua merda de direitos das mulheres.

ELEANOR Não culpe...

MARY-ANNE Ninguém está culpando.

ELEANOR Você está dizendo que os homens não têm responsabilidade?

MARY-ANNE Não se coloque em uma posição que poderá ter problemas.

ELEANOR Ele disse que vocês estavam dando um tempo...

MARY-ANNE Típico aleijado. Compensação exagerada. Provando a si mesmo e fazendo uma bagunça. (*Em tom zombeteiro.*) Ellie é uma heroína e tanto. Superando tantos... tão linda... Que pena... e tão jovem. Que tragédia ...

ELEANOR Isso ainda é sobre o Jack?

MARY-ANNE Você gosta de ser a defensora, a encarregada por todos nós... Eles te colocaram no comando. Agradável, limpa, ambiciosa, se levante e vá, Ellie. Você dá a eles o que eles querem. Tão apaziguadora...

ELEANOR Enquanto isso você se senta aqui e fica se escondendo, sofrendo por conta de homem?

MARY-ANNE (*rindo*) Nós, aleijados, nos esforçamos demais em tudo, mas isto parece ser a sua especialidade.

ELEANOR Você é arrogante.

MARY-ANNE Confiante, minha pequena, uma das melhores coisas que vem com a idade.

ELEANOR Agressivos passivos. Vocês três são.

MARY-ANNE Até mesmo o Jack? O caso foi excitante? Um cigano zangado... que pacote... —o carisma, a rebeldia. Isto costumava funcionar comigo. Eu achava tão sexy. Testosterona reprimida. A retórica, o fascínio de um ativista. Um guru guiando as pessoas pra lugar nenhum. Foi por conta do fato de ele ser cigano?

ELEANOR Não... (*Sua voz desaparece.*)

MARY-ANNE Os outros tipos não retribuem seus olhares? Aqueles com *walkie-talkies* que têm fetiches sobre as formas do nosso corpo... Eles têm fantasias sobre mulheres como nós, querem dominar e controlar.

ELEANOR Então, há os pervertidos... os sensíveis. Eles são os mais perigosos.

MARY-ANNE Um conselho, se me permite. (*Eleanor assente com a cabeça e serve mais Martini.*) Então, olhe bem nos olhos deles e aí desvie o olhar e diga: "Ah, não foi realmente como eu imaginei". (*Eleanor quase cai da cadeira de tanto rir.*) Quer melhor maneira de se fazer isso? O ego do não cigano fica fora de controle...

ELEANOR Esse ego daqueles sem deficiências precisa ser mantido sob controle. Você já ficou com outra pessoa além do Jack?

MARY-ANNE Não. Eu só queria o Jack... Ele tinha um molejo, o jeito que ele olhava pra mim, a forma como ele falava meu nome.

ELEANOR Então você não é reprimida ou controlada pela família?

MARY-ANNE Meu comportamento, bom, ruim ou qualquer coisa intermediária, refletiu na minha família. Minhas irmãs que eram mais jovens, precisaram...

ELEANOR ... isso é tão arcaico

MARY-ANNE Lá vem você de novo. É contexto. Em qualquer cultura, os erros de uma mulher raramente são perdoados...

ELEANOR Todo mundo sabe e eu vi isso no Jack e no Eoin. A cultura cigana é tão machista. E mulheres como você são coniventes com essa porcaria.

MARY-ANNE E você é tão liberal. Em toda política — seja ela cigana — seja ela de pessoas com deficiência — seja gay — é sempre sobre os homens. Esse lance de gênero, esses negócios de deficiência, negócios de ciganos, esse negócio de racismo. Nós somos o incômodo do qual eles não conseguem se livrar.

ELEANOR O universal *versus* o pessoal.

MARY-ANNE Algo assim. O movimento das mulheres... esse é um bom exemplo.

ELEANOR Eu não sou intransigente, mas apenas uma vez na faculdade eu fui a uma reunião... o grupo de mulheres enfrentou quatro lances de escada, o elevador não estava funcionando... não valeria a pena fazer uma cena.

MARY-ANNE Deixa eu adivinhar. Elas disseram algo como: "Vamos tratar do sexismo primeiro. Suas pequenas questões, como acessibilidade ou diversidade...vamos discutir isso outro dia".

ELEANOR Então você está tentando proteger suas irmãs e alguma noção de família.

MARY-ANNE Todos os tipos de mulheres estão encurraladas em um comprometimento. Não está certo. Não é justo, mas pelo menos tente entender que nossas vidas são complicadas. Eu sou uma cigana. O que chamo de libertação não significa dar as costas aos valores com os quais fui criada.

ELEANOR É exatamente o que está parecendo.

MARY-ANNE Esse negócio que todas nós estamos tentando resolver em nossas próprias famílias, comunidades e relacionamentos. Uma mulher não cigana me dizendo que eu deveria fazer isso é igualmente arcaico.

ELEANOR Eoin... esse negócio de ser gay... nós ouvimos tudo sobre como é difícil pros ciganos gays. Onde estão as lésbicas?

MARY-ANNE Elas são desenfreadas. (*As duas começam a rir.*) Sexualidade feminina — as mulheres não fazem música nem danças a respeito disso. Apesar das circunstâncias, as pessoas sempre se encontrarão.

ELEANOR Mas e a expressão disso, a liberdade.

MARY-ANNE Tudo faz parte das outras opressões com as quais vivemos. Todas nós pagamos o preço do nosso gênero e sexualidade de uma forma ou de outra. Às vezes, o cobertor do silêncio cobre muito do barulho que não queremos ouvir.

ELEANOR Então sempre foi só com o Jack?

MARY-ANNE   Você não me parece o tipo de mulher que me cobraria porque eu não fiquei com muitos caras.

ELEANOR   Somos melhores que isso... Acho que você teve oportunidades...

MARY-ANNE   Algumas. Poderia mesmo até ter feito um *ménage à trois.*

ELEANOR parece chocada.

MARY-ANNE   E você pensou que minha vida fosse chata...

ELEANOR assente com a cabeça e elas brindam com seus copos.

MARY-ANNE   Você pode ligar seu brinquedinho agora, se quiser. (*Eleanor liga a câmera.*) Escola?

ELEANOR   A local. Vovó, minha mãe, minhas tias, minhas primas, todas nós frequentamos.

MARY-ANNE   O padrão dominante? (*As duas mulheres assentem com a cabeça.*)

ELEANOR   Nos primeiros dois anos, ninguém sabia. Então eu comecei a cair, a ficar lenta. Todos foram tão gentis comigo. Meus exercícios foram pensados em torno do cronograma.

MARY-ANNE   A única aleijada da vila.

ELEANOR   Classe média, minha família de irlandeses brancos, faço parte da rede das velhas garotas. Não havia negros, nem ciganos, nem outros nômades[13].

[13]   O termo Roma, segundo o dicionário Dictionary.com, refere-se a "membro de um grupo étnico tradicionalmente nômade de língua romani que migrou do Norte da Índia para a Eu-

MARY-ANNE Que herança... Estou fazendo você se sentir desconfortável?

ELEANOR Eu não fiz as regras.

MARY-ANNE Você também não quebrou elas, de onde você acha que veio o privilégio?

ELEANOR Das mulheres que trabalharam duro e quebraram o sistema.

MARY-ANNE Então elas ficaram com pilhagens pra si mesmas.

ELEANOR Não posso passar minha vida pedindo desculpa pra uma geração mais velha que, na verdade, nunca terminou o trabalho.

MARY-ANNE Essa merda feminista. Em qual onda devemos estar agora? Na quarta ou na quinta? Não consigo acompanhar.

ELEANOR abaixa a cabeça.

MARY-ANNE Ninguém quer suas desculpas meia boca. Apenas um pouco de respeito. *(Longa pausa.)* Por trás de sua câmera há um tormento torcido que permanece dentro de você também. Se supere. E, porra, pare de bancar a fisicamente capaz. Não há público aqui, não há necessidade de uma performance. Me fale sobre o ensino médio.

ELEANOR Meus pais e a escola acharam que seria melhor... *(Olhando para MARY-ANNE e parando no meio da frase.)*

MARY-ANNE A sua própria gente? Eles poderiam ter te segurado...

ropa nos séculos XIV e XV, ou qualquer de seus descendentes em todo mundo. Disponível em: https://www.dictionary.com/browse/roma

ELEANOR Eles estavam certos, eu nunca chegaria onde estou hoje se eles não tivessem me empurrado.

MARY-ANNE Toda essa expectativa. Toda essa pressão?

ELEANOR Todos nós precisamos ter metas trabalho. Foi bom para mim, me fez uma pessoa forte. Minha condição não é quem eu sou.

MARY-ANNE Você é tão... qual é a palavra... uma inspiração... Você ganhou um prêmio só por estar na escola?

ELEANOR Eles me escolheram pra ser monitora...

MARY-ANNE Claro que sim,

ELEANOR Mantive minha cabeça baixa. Mostrei aos meus pais que eles tomaram a decisão certa.

Longo silêncio de MARY-ANNE.

Esse lugar pra onde você foi... Deve ter sido horrível. Eu acho que você e Eoin, vivendo com... toda aquela segregação, salas de aula especiais, é realmente prejudicial...

MARY-ANNE Escola especial gera produtos especiais. (*Pausa.*) Apesar da dor e do sofrimento que existiam, os movimentos políticos surgiam desses lugares. Naquela sala de aula especial, os ciganos de uma forma estranha e doentia se tornaram conscientes pra caralho. Agora eu não estou dizendo que isso estava certo, eu não estou dizendo que isso não nos prejudicou pra caralho.

ELEANOR É assim que você entende isso?

MARY-ANNE   O lado pessoal sendo político envolve muitos contextos. Até mesmo nós, *beoirs*, entendemos essa pequena canção de ninar.

ELEANOR   Você está me dizendo que gostou de ser enfiada em uma grande instituição?

MARY-ANNE   Não foi isso que eu disse.

ELEANOR   Você ficou de fora da educação. Meus pais tomaram a decisão certa para mim.

MARY-ANNE   Eles te ensinaram como ser arrogante e mascarar isso como autoconfiança.

Longo Silêncio.

ELEANOR   Se tem alguém que aprendeu a ser arrogante, é você. Eu não consigo imaginar como é estar em um desses lugares.

MARY-ANNE   Você não entende, esse é o problema, Ellie. Qualquer agenda que você tenha está atrapalhando.

ELEANOR   *(gritando)* Não tenho agenda.

MARY-ANNE   Uma documentarista sem agenda?

ELEANOR   Você me perguntou sobre a escola e *(pausa)* nada de bom brota desses lugares segregados. Não leve isso pro lado pessoal. O documentário. O Eoin e o Jack tiveram uma escolha.

MARY-ANNE   Eles foram coagidos, pelo menos o Eoin foi. Talvez o Jack tenha sido seduzido...

ELEANOR   Qual é a sua história para além do Jack e do Eoin?

MARY-ANNE Um dos pequenos fracassos da vida, eles disseram que eu tinha potencial... Seu grupo de feministas não ficaria muito feliz se soubesse como que eu era uma mulher fraca. (*Pausa.*) Fiquei presa por quase dezoito anos, tudo o que eu tinha era o Eoin e o Jack.

ELEANOR Como foi isso?

MARY-ANNE Nem todo mundo vive da maneira que você vive.

ELEANOR Você voltou pra faculdade.

MARY-ANNE Essa câmera está ligada?

ELEANOR assente com a cabeça.

ELEANOR A segunda vez, foi mais fácil?

MARY-ANNE Eu não sabia como lidar com pessoas que não eram ciganas. Elas me aterrorizam.

ELEANOR Elas sabiam que você era uma cigana?

MARY-ANNE Eu ficava me escondendo, mantendo minha boca fechada. Era a única maneira de me proteger.

ELEANOR Elas não sabiam?

MARY-ANNE Você deve conhecer essa sensação de ficar se escondendo.

ELEANOR E você e o Jack?

MARY-ANNE Nós éramos dois ciganos em um ambiente de não ciganos. Gravitamos um em direção ao outro. Ele me fez sentir sexy e confiante. Orgulhosa de quem eu sou. Ele entendeu tudo. Tínhamos a mesma história, a mesma memória. A maior libertação de todas, pra qualquer mulher... cigana... com deficiência... muçulmana... é ir contra sua família. Eles, de fato, nunca entenderam minha atração por Jack. Tivemos uma boa vida juntos. Então o passado nos alcançou. Outras coisas como a faculdade não pareciam importar.

ELEANOR Arrependimentos?

MARY-ANNE A vida real acontece. Você faz escolhas. O Jack era... é o amor da minha vida.

ELEANOR Então não é sobre o Jack?

MARY-ANNE Você sabe o jeito como as pessoas falam sobre... ou pelo menos naquela época elas falavam sobre nunca ter conhecido uma pessoa com deficiência ou um cigano? Pra mim foi nunca ter conhecido uma pessoa sem deficiência.

ELEANOR Você está falando sério? Você não fez amigos na faculdade?

MARY-ANNE Eu simplesmente não sabia como não ter medo. Levei uma vida reservada. Meu coração sempre esteve fora daquela universidade.

ELEANOR Você é uma ativista. Isso é mais do que um trabalho.

MARY-ANNE Que conquista. Eu faço as propostas de financiamento. Ainda assim, gosto de assinar meu nome. Suponho que você tenha muitos diplomas?

ELEANOR Eles não definem quem eu sou.

MARY-ANNE Eles não são importantes a menos que você não os tenha. O que te define? O que diabos isso significa? O que define qualquer um de nós? Nossa história ou nossos corpos?

ELEANOR Talvez nossos corpos sejam nossas histórias?

MARY-ANNE Saia dessa cadeira, eu preciso dela. O Instituto Peto, aquela clínica na Hungria, era tão diferente? (*Pausa.*) Não se apresse, pense... o que eles fizeram com você? O que eles fizeram com seu corpo?

ELEANOR Era um regime. Mas isso não estava me privando de nada.

MARY-ANNE Eles não estavam exatamente te empoderando.

ELEANOR Por que valorizamos tanto a escola?

MARY-ANNE Você é tão rápida em ignorar tudo com base em que não sabe nada sobre isso.

ELEANOR Eles eram lugares perigosos pra caralho e eu vivia com medo de ser enviada para um deles. (*As duas mulheres se olham.*) Sim, até mesmo na minha geração. Meus pais, tenho certeza que consideraram isso pelo menos uma vez.

MARY-ANNE Seus pais não tinham medo do Estado. Aposto que eles eram verdadeiramente políticos.

ELEANOR Eles não acreditavam em segregação. Eles sabiam que havia uma maneira melhor. O padrão dominante me proporcionou um começo de vida formidável, o progresso proporciona a todos ter mais escolhas.

MARY-ANNE Será? Toda essa normatividade. *(Elas se olham)* Uma dádiva ter todo esse acesso. Então você não pode falar sobre racismo ou discriminação. "Veja tudo o que fizemos".

Segregação, educação especial, ninguém quer isso, mas essa coisa de padrão dominante realmente não funcionou, não é? Naquela sala para pessoas especiais, nós sabíamos quem éramos. Era como uma forma de resistência.

ELEANOR Crianças ciganas... li em algum lugar que todas elas eram diagnosticadas com deficiência e aprendizagem.

MARY-ANNE Esse tipo de coisa quase arruinou a comunidade.

ELEANOR Eles fizeram isso com os negros também. Se você fosse negro certamente tinha algum tipo de distúrbio...

MARY-ANNE Não é tão difícil de entender.. nós nascemos ciganos. Nós vamos morrer como ciganos... todo o resto entre uma coisa e outra faz parte dessa jornada. Padrão dominante... eles ainda não nos querem lá...

ELEANOR Tudo parece estar meio fodido.

MARY-ANNE O movimento das mulheres não queria que os homens definissem que tipo de mulher teria permissão para fazer escolhas.

ELEANOR É tudo um meio... idiota. Cotas e ação afirmativa, isso causa atritos. A competitividade é uma coisa boa.

MARY-ANNE Homens que se dizem feministas para provar o quanto eles são progressistas. Eles tomam nossa linguagem e a usam contra nós. Falam sobre os corpos das mulheres e as questões das mulheres, e, no entanto, são muito lentos para desafiar uns aos outros no que se refere à violência.

ELEANOR O Jack alguma vez já... esse lance aí me assusta.

MARY-ANNE Sempre procurando por um ângulo. Nunca... em breve você aprenderá que não importa onde esteja ou com quem esteja, a que distância está a porta, onde ficam as saídas e o qual é a proximidade que alguém se encontra de estar perto de você.

ELEANOR E aquela outra merda? Quando você precisa de ajuda. Como se vestir e tudo mais. Esse tipo de violência.

MARY-ANNE É meio como cuidar de crianças... Você entrega algo realmente precioso pras outras pessoas e espera que elas respeitem e protejam.

ELEANOR É assustador... sou vulnerável porque me disseram que sou vulnerável?

MARY-ANNE Você não estaria fazendo este documentário se não estivesse minimamente curiosa ou minimamente assustada ou preocupada. Você entrou nosso mundo. Agora você não consegue sair dele. Essa independência significa mais pra mulheres como nós. Aquelas mulheres... elas falam sobre um teto de vidro, enquanto o resto de nós está do lado de fora olhando pela janela.

ELEANOR Nós e eles, isso é tão século passado... Agora somos pós qualquer coisa.

MARY-ANNE   Sério? Mulheres como eu e você seguram a escada pra eles, fazem ela ficar segura e resistente. Então eles arrastam a escada pra trás deles.

ELEANOR   Mulheres surdas, mulheres com deficiência ou ciganas não são tão diferentes. Temos nossas próprias rampas pra subir. Poder é poder.

MARY-ANNE   É diferente... Nós mantemos nossos dedos no botão do elevador pra manter a porta aberta. Quando ela fechar, você vai vir com a gente, até o topo, não apenas até o primeiro andar.

ELEANOR   *(calmamente)* Eu nunca enxerguei desta maneira.

MARY-ANNE   Isso não é sobre você, Ellie. De qualquer forma, não tenho certeza se as portas podem permanecer abertas por tanto tempo pra você decidir se quer usar o elevador ou não.

ELEANOR   Escolhas. Liberdade. Integridade corporal. Eu entendi o mantra.

ELEANOR   Mas a lei...

MARY-ANNE   Ainda está acontecendo, o abuso, as inspeções, caridade versus direitos, toda essa merda do caralho e aí o racismo...

ELEANOR   O que estou tentando dizer é que...

MARY-ANNE   Em algum lugar no meio dessa merda de ativismo, você tem que encontrar a si mesma, encontrar sua vida.

ELEANOR   O que você está dizendo?

MARY-ANNE Qualquer causa, qualquer luta, nunca acaba, apenas o bastão é passado.

ELEANOR Por isso estou fazendo um documentário. Pra registrar sua história...

MARY-ANNE Você está, é? E fazer um pouco de sexo com um cigano enquanto provoca danos e medo com suas condutas ignorantes...

ELEANOR Essa é a última vez. Você já expressou sua opinião sobre o Jack. Eu estou errada, o que eu fiz foi errado. É isso que você quer ouvir?...

MARY-ANNE Não é o que eu quero ouvir. É o que você quer dizer.

ELEANOR serve mais Martini no copo de MARY-ANNE.

MARY-ANNE A esperta aqui é você. Então diga aí.

ELEANOR Igualdade salarial, creche, direitos reprodutivos.

MARY-ANNE Direitos reprodutivos.

ELEANOR É uma questão médica!

MARY-ANNE Esterilização forçada.

ELEANOR Eugenia, não aqui na Irlanda.

MARY-ANNE Como você sabe?

ELEANOR Os direitos reprodutivos fazem parte desse *menu*. Ele não pode simplesmente ser servido só à la carte.

MARY-ANNE É mais complicado.

ELEANOR O que você está dizendo?

MARY-ANNE Não é fácil ou simples pra nenhuma mulher, mas especialmente pra mulheres como nós... Ellie, mais cedo ou mais tarde, você vai perceber que eles vão te tratar como se você fosse um ser inferior. Não apenas os homens... mas aquelas feministas apaixonadas e bem-intencionadas.

ELEANOR A fita parou. A bateria está...

MARY-ANNE (*levantando a garrafa de Martini*) Você está bêbada. Use o quarto de hóspedes.

ELEANOR (*segurando a mão de Mary-Anne*) Eoin. Eu nunca tive a intenção de machucar ele ou enganar ele sobre...

MARY-ANNE Não é como pro Jack ou pra mim. A gente desmorona. O impacto de tudo o que aconteceu com ele nos deixou fracos. Nós nos comprometemos com muita facilidade. O Eoin... ele simplesmente... como todos os ciganos, ele se levanta e absorve a merda que está sendo jogada nele. Dia após dia, ano após ano. (*Colocando o capuz de ELEANOR sobre na cabeça dela.*) Em algum momento você precisa pedir desculpas ao Eoin. As pessoas não ciganas nunca pedem desculpas.

ELEANOR Eu vou pedir.

MARY-ANNE Na escola, algumas das garotas não ciganas levavam surras por nós.

ELEANOR Então você tem amigos não ciganos?

MARY-ANNE O que quer que você fosse, cigano ou não cigano, nosso trabalho era cuidar dos mais jovens, manter os animais afastados.

ELEANOR Uma última pergunta, longe das câmeras,

MARY-ANNE Isso é exaustivo.

ELEANOR Michael... o que aconteceu? Nenhum julgamento.

MARY-ANNE Você está me deixando bêbado para conseguir informações.

ELEANOR Os malditos produtores — eles vão ver isso. O que o Eoin fala sobre... não se trata apenas da sua conduta... de uma forma ou de outra, não importa o que foi dito, isso vai ter que passar pelo pessoal jurídico da empresa. Então eles vão ter que entregar esse material pros guardas, mesmo que a gente não possa usar, é uma prova.

MARY-ANNE Do que você está falando, prova?

ELEANOR Você ajudou alguém a morrer. Efetivamente, assassinou alguém.

MARY-ANNE De mulher pra mulher, eu estou te pedindo, por favor, não faça isso. Não foi bem assim. Não foi o Eoin ou o Jack. Fui eu.

ELEANOR Alguém viu a fita?

MARY-ANNE Não, eu não sei o que o Eoin fez com ela. Ele estava tão irritado e puto com você.

ELEANOR O comprometimento sobre o qual você falou — nós duas sabemos, ou é uma fita com cenas de sexo entre mim e o Jack ou suas confissões de um assassinato.

MARY-ANNE Como chegamos aqui? Passamos a noite toda conversando. Nós somos iguais. Somos duas pessoas com deficiência.

ELEANOR Não foi isso que você disse agora há pouco.

MARY-ANNE Se eu fizer isso, você tem que me prometer que...

ELEANOR Sem promessas. Sem garantias.

MARY-ANNE O Eoin e o Jack — isso poderia matar eles. Atirar eles no precipício. Nós aguentamos aquilo que aconteceu por tanto tempo. E isto será visto como um crime de ciganos. Você sabe o que isso significa?

ELEANOR O quê? Sua reputação é mais importante que a minha? Uma entrevista autêntica. Nada dessa porcaria sobre mulheres. Isso é apenas perda de tempo no ar.

MARY-ANNE E aí?

ELEANOR O juiz, se você tiver sorte, vai considerar questões de capacidade e você pode ter sorte. Se aquela fita em que estou com o Jack se tornar viral, nunca mais vou conseguir trabalho. Minha família, minha carreira, minha vida inteira — está tudo em jogo.

MARY-ANNE Não quando estou bêbada. E eu preciso saber, o Eoin e o Jack não... vão ser punidos por algo que eles não fizeram. Uma entrevista.

CENA ONZE

ELEANOR Nunca me identifiquei como uma pessoa com deficiência.
Meu produtor se mantinha no meu pé. Cronogramas.
Como encontrar pessoas. As especificações eram bem
amplas. O ângulo do cigano era meu foco. Então o Eoin
virou minhas ideias de cabeça pra baixo. Era pra ser um
pouco de entretenimento leve, pra mim, havia a possibi-
lidade de investigar uma história maior.
Não importava sobre o que a gente falasse, a conversa
terminava em Michael.
O Eoin era vulnerável, mas determinado. O musical. Isso
nunca iria acontecer. O material dele me levou até o Jack e
a Mary-Anne. O documentário era tudo o que importava.
Minha ambição era maior que minha necessidade. Ao
ficar com eles muitas coisas estranhas aconteceram
dentro de mim.
Meus pais. Eles nunca me permitiram chorar, nunca me
permitiram estar cansada ou até mesmo estar errada.
Eles apenas continuaram me empurrando e empurrando,
até que se separaram.
Os clássicos do golfe e outras angariações de fundos...
no final da minha adolescência, ele sugeriu que eu me
vestisse como uma criança. Quando você é fofa e... eles
dão mais dinheiro. Esses acontecimentos foram insupor-
táveis. A notoriedade ajudou ele. Não apenas a me levar a

Budapeste pro Instituto, mas ajudou ele a obter bastante atenção das mulheres.

A Mary-Anne, o Eoin e até certo ponto o Jack...eles celebram suas vidas, seus corpos e sua identidade. Nenhum grande espetáculo. A Mary-Anne jogou minha vida pro alto em questão de minutos. Ao ser traída por uma mulher mais jovem. Eles me deram três versões diferentes dos fatos. A Mary-Anne estava certa... duas mulheres deficientes. Este vírus do abuso tem que parar em algum lugar. A força e a dignidade deles estava na história. Minha câmera voltou pra dentro da bolsa. Não havia nada pra entregar ao meu produtor.

EOIN   *(pra câmera)* A viagem a Paris. Nenhum de nós estava falando um com o outro. Verdade seja dita. As passagens, o hotel. Fiz as reservas pra ele. Até mesmo o dinheiro pra gastar. Era meu plano pra juntar eles novamente. Eu disse a ele onde ela gostaria de ir. Pra conquistar ela. Mas, como de costume, Jack apenas fez as coisas de maneira idiota. "Eu odeio esses homens de merda. Eu odeio eles." Foi a primeira vez que ela realmente enlouqueceu comigo. Eu não consegui resolver isso pra ela.

Nossa escola se parecia com qualquer outra instituição de seu tempo. Persianas nas janelas, iconografia religiosa, freiras em pares andando por toda parte. Havia sons de murmúrios; de orações, mas todas as criancinhas ficavam em silêncio.

Do lado de dentro, o cheiro de mijo, de lavanderia, de cera para o chão, de desinfetante, de repolho cozido. Essa época da minha vida acabou. Acabou já faz muitos anos, mesmo assim eu me lembro de um monte de coisas. Até dos barulhos. A estranheza do lugar. Havia sons de vozes mortas, uma mistura de parquinho e cemitério pra todas as crianças que tinham morrido ao longo dos anos.

MARY-ANNE (*pra câmera*) Lá estava eu, típica *beoir* de merda, implorando pra uma mulher não cigana. Tinha a minha mãe, as minhas tias, as minhas irmãs, quantas de nós se tornaram tão dependentes, sujeitas à ajuda delas. Ao longo dos anos, tentamos cuidar do Eoin, controlar ele. Então o rompimento com Barry aconteceu no meio do episódio com o Jack. Se eu tivesse ficado lá, se eu tivesse permanecido... Dois dormitórios, um pra meninas e outro pra meninos. Aconteceu na fileira do meio daquelas janelas. As luzes estavam apagadas e os funcionários estavam na hora do intervalo, bisbilhotando o dormitório dos meninos. A cama do Michael era a primeira, próximo da porta à esquerda.

Às vezes a cama estava muito alta. O Michael me dizia pra sentar na beirada, então ele colocava os braços em volta da minha barriga e me puxava pra cima. Nossas idades... quatorze e quinze anos. Eu permanecia vestida com minha longa camisola floral branca. O Michael nunca me pedia pra tirar ela. Eu apenas me deitava ao lado dele por um tempo. (*Pausa.*) A cama do Jack ficava ao lado da dele. Mais para o final, quando o Michael estava fraco, ele pedia ao Jack pra me ajudar a subir na cama. O Eoin era nosso guarda-costas. Quando os funcionários voltavam do intervalo, ele passava correndo por eles no corredor pra distrair eles. Todo esse barulho, os gritos de repreensão durante a perseguição do Eoin, era como a gente ficava sabendo que nosso tempo tinha acabado. Na última noite que tivemos juntos, subi e me coloquei atrás dele, sentei o seu o corpo de posição ereta de modo que sua cabeça e ombros ficassem perto do meu peito. As costas dele pressionando a cabeça na minha barriga. A conversa entre nós já durava meses. Eu ficava dizendo: "Não, não, eu não vou fazer isso." Então, os hematomas no corpo dele feitos pelos cuidadores. Por toda parte nos braços, no peito, nas pernas. Isso costumava partir meu coração. Ele não tinha como se defender. Conversávamos sobre o futuro, como seriam nossas vidas, como estaríamos sempre juntos, não importando que...

Havia comprimidos e uma garrafa de conhaque. Enfiei três ou quatro na boca dele, e aí ajudei ele a engolir tudo, pressionando a cabeça dele pra cima de modo que ele não se engasgasse. Por fim, tarde da noite, seu corpo parou de se mexer. Sua respiração ficou mais lenta e mais leve. O Jack e o Eoin seguraram o corpo do Michael, enquanto eu saía da cama. O Jack disse a Eoin pra me levar de volta e me dizer pra parar de chorar. O Jack continuou gritando daquele jeito sussurrado: "Vá, vá agora". Eu apertei e beijei a mão direita do Michael. Ela esfriou em questão de minutos.

JACK (*para câmera. Há uma garrafa de uísque à vista. Durante toda a cena ele vai ficando angustiado. Ele está bêbado. Ele se exalta e tenta segurar suas emoções, mas não consegue*) Tínhamos concordado...nós três... quando fossemos votar, a gente diria sim ao casamento gay. Pelo nosso Eoin... a adrenalina, quem iria ficar sabendo? Marquei no quadradinho do "não". Agora estou cheio de vergonha. Passei anos com ciúmes do Michael. Ele tinha a Mary-Anne. Uma oportunidade. Logo seria minha vez de ter ela em minha cama. Essa foi a única razão pra eu ter feito o que fiz. Não foi por lealdade. Foi só porque ela seria minha quando ele não estivesse mais por perto. Quando estou bêbado parece que tudo isso fica mais claro. Sons, cheiros, o rosto do Michael? Dia após dia, noite após noite, é como se ele fosse uma extensão da vida que estou vivendo. Apenas uma vez e foi mesmo somente uma vez, pensei em conversar com alguém. Um padre. Me confessar. Entrei na capela, mas saí de novo. O Michael me pediu pra ajudar ele a tomar aqueles comprimidos. No começo eu pensei que ele fosse começar a engasgar, é por isso que eu tinha que ter o Eoin comigo. Ele conseguiu levantar a parte superior do corpo do Michael pra que eu pudesse colocar sua cabeça em meus braços. Então, se ele vomitasse, não engasgaria. O Eoin foi esperto o suficiente por ter roubado uma garrafa de conhaque do andar de baixo. Isso ajudou o Michael a adormecer. O Eoin e eu nos sentamos com ele, bebendo o conhaque. Parecia que nós três estávamos fazendo a mesma coisa. Tínhamos todos acabado de acordar e as freiras nos disseram que o Michael tinha ido para o céu durante a noite.

CENA DOZE

Na cozinha de MARY-ANNE. Há uma bolsa em cima da mesa. Há algumas camisas e calças espalhadas ao redor... JACK está colocando camisas dentro da bolsa. Ele pega um frasco do perfume de MARY-ANNE, cheira-o e o coloca na bolsa. Então, tira o frasco da bolsa.

JACK   Você não vai olhar pra mim?

MARY-ANNE   *(dando dinheiro a ele)* O Eoin vem me dando isso.

JACK   Fique com ele. Quando não tenho, não posso beber. Eu nunca te vi travada. Nenhum de vocês.

MARY-ANNE   Não precisamos disso. Eu não preciso de nada de você.

JACK   As reuniões do AA estão indo bem. Fui à uma mais cedo hoje.

MARY-ANNE   O Eoin disse que precisa te relembrar e quando você vai, você volta com histórias das misérias de outras pessoas. E fica tirando sarro das pessoas.

JACK   Estou sóbrio. Tudo pode voltar ao normal.

MARY-ANNE   Nada em relação a nossa vida era normal.

JACK   Eu te amo...

MARY-ANNE   Você não sabe o que é isso. Como você poderia saber?

JACK   Sente-se aqui comigo por um minuto.

MARY-ANNE Não. Não desta vez, Jack. Temos que parar. Está tudo acabado.

JACK Não, Mary-Anne, não.

MARY-ANNE Você precisa que isso acabe tanto quanto eu. Aí você pode ter quantas aventuras quiser. Sem comprometimentos. Sem responsabilidades. É isso que você quer, Jack.

JACK Você é o que eu preciso.

MARY-ANNE Não quando você sai procurando mulheres mais jovens que eu.

JACK Eu pensei que indo pra Paris, a gente poderia... Aí você levou o Eoin... isso simplesmente me deixou puto.

MARY-ANNE Não faça isso. Por favor, não faça isso.

JACK Estou tentando te dizer...

MARY-ANNE Estou com a lista na minha cabeça sobre o que você fez, o que você não fez, o que você poderia ter feito, o que você deveria ter feito.

JACK O documentário... a única razão pela qual eu disse sim foi pra agradar Eoin...

MARY-ANNE Ele te idolatra. E tudo que você faz é gritar e berrar com ele. Em vez de encorajar ele a voltar com o Barry, você apenas persiste com os xingamentos de sempre.

JACK   Desde que fui morar com ele, gasto todo o meu tempo tomando conta dele, cuidando dele, tentando tirar ele do computador. Uma noite dessas o Barry estava comigo em casa e o Eoin enlouqueceu. Ele saiu de casa por três horas.

JACK   O nome do Eoin está limpo?

MARY-ANNE   Sim, o Eoin está bem. Como sempre, Jack, limpei sua bagunça.

MARY-ANNE   A porra de um documentário... essa foi sua única maneira que você encontrou de ser legal com ele? ... A luz vermelha da câmera ou a calcinha vermelha dela, o que te confundiu?

JACK   Não significou nada.

MARY-ANNE   Como todas as outras vezes. Se isso fosse apenas sobre você transar com uma jovem... Mas é muito pior do que isso.

JACK   Você sempre quis mais.

MARY-ANNE   Tudo o que eu queria, você conseguiu estragar.

JACK   Nos últimos dois anos, parecia que você queria outra coisa.

MARY-ANNE   Eu estava querendo demais pra você? Você não consegue nem terminar comigo direito.

JACK   Isso é porque eu não quero. Você e o Eoin... vocês são tudo o que importa.

MARY-ANNE   Nós nunca fomos o suficiente... Admita. Você estava entediado. Você queria emoção.

JACK   A vida de você s ficou mais plena. A minha ficou menor. Eu só precisava de algo pra me relembrar do homem que eu já fui.

MARY-ANNE   ...uma jovem documentarista. Ela fez você se sentir atraente?

JACK   Me diga e vou fazer o que você quiser.

MARY-ANNE   Você fala sobre o esporte, sobre a bebida. Você até fala sobre o Michael. As surras, o *bullying*, o controle, o silêncio — isso ficou bem escondido.

JACK   Tivemos bons momentos. Eu te tratei como a porra de uma rainha. Mas você e sua família... eles nunca pensaram que eu era bom o suficiente pra você. Nunca.

MARY-ANNE   E você tratava todas as outras mulheres como uma prostituta.

JACK está com as mãos no rosto.

MARY-ANNE   O verdadeiro Jack, culpando todos os outros. Todos aqueles episódios na escola, os lances que você diz que aconteceram com todo mundo, menos com você.

JACK   Lá vamos nós de novo. Na sua cabeça tudo nos leva de volta àquele lugar.

MARY-ANNE   Dia após dia acordando na esperança de que o Jack conseguisse ganhar mais do que medalhas, troféus e entrevistas na mídia, mas não ele não conseguia. Então havia as outras mulheres. Eu dizia pra mim mesma que elas estavam mentindo, que estavam com ciúmes. Elas só queriam o meu Jack.

JACK   Você e o Eoin assegurando que eu estivesse comendo bem. Você me apoiando à noite quando eu virava as costas pra você. Você ainda me queria quando ninguém mais queria.

MARY-ANNE   Durante esse tempo, o Eoin te protegeu todas as vezes em que a mídia ligava. À noite na cama eu sabia que você estava acordado. Era simplesmente muito difícil te entender.

JACK   Naquela época, mais do que nunca, eu te amei. Muito embora eu não conseguisse olhar pro seu rosto, não conseguisse responder. Você continuou estendendo a mão, me mostrando que ainda havia um lugar onde eu não precisava me sentir inferior.

Ele se aproxima dela e tenta beijá-la.

MARY-ANNE   Se afaste de mim. Ela está com seu cheiro e que cheiro desagradável.

JACK   Você sempre faz isso... joga tudo em cima de mim de uma vez só.

MARY-ANNE   Há duas coisas diferentes aqui, Jack. A história do Michael e então há a outra de como ela conseguiu a história do Michael. Toda aquela conversa de travesseiro. A arte da sedução, uma história por trás, uma tragédia, você deu tudo a ela.

JACK   Nada disso foi ensaiado. Ela me usou, como eu tenho usado as mulheres, como usei você no passado. Isso faz você se sentir bem? Uma mulher não cigana e eu não tinha ideia de qual era a pauta dela. Apenas segui meu pau. Então acho que desta vez, mais do que em qualquer outra, percebo o que fiz a você, o que fiz com a gente.

MARY-ANNE O quanto com ela foi diferente? Você estava sóbrio quanto transou com ela. (*Pausa, chorando.*) Meu corpo mudou, eu sei. Você queria algo que te fizesse relembrar do homem que você era.

Pausa.

JACK Ela ficou decepcionada.

MARY-ANNE Seu charme não funcionou com ela.

JACK Eu costumava olhar pra você, não conseguia acreditar que você pudesse me querer. Era mais fácil dizer a mim mesmo... as outras mulheres, elas nunca estiveram no mesmo patamar que você.

MARY-ANNE O fato de ela não ser cigana mais do que ser jovem, isso é o que dói mais. O que eles têm a oferecer, o que eles estão dispostos a fazer.

JACK Você sempre será aquela mulher que parece boa demais para mim.

MARY-ANNE Nós ficaremos bem, eu e o Eoin.

JACK Minha nossa, Mary-Anne. Ele é um homem adulto e você trata ele como...

MARY-ANNE Eu trato ele como o quê? O quê, Jack? Eu trato ele como quem ama ele. Quando perdi nosso bebê, Jack? O Eoin que teve que te contar. Você estava bêbado demais até mesmo pra eu conversar com você.

JACK   Você e o Eoin me deixaram do lado de fora. Vocês realmente não me queriam por perto.

MARY-ANNE   O grande homem vulnerável. As mulheres mais jovens adoram isso. Era como estar de volta à escola, você, o grande covarde, apenas ficava lá observando, incapaz de reagir porque não queria estar envolvido. Adivinhe, Jack, você está envolvido.

JACK   Eu penso nisso o tempo todo. Talvez se eu tivesse ficado mais por perto. Sóbrio. Se eu não trouxesse todo o estresse e tensão, talvez você não... talvez não tivéssemos perdido o bebê. Eu carrego essa dor.

MARY-ANNE   Quando você vai admitir, Jack, quando você vai admitir o que eles fizeram com você?

JACK   (*gritando*) Eles não fizeram porra nenhuma comigo porque eu não deixei. (*Pausa.*) Eu não sou como o Eoin. Como essa merda que você carrega.

MARY-ANNE   Quem está distorcendo agora. Há quantos anos, Jack?

JACK   Talvez eu tenha presenciado tudo. Talvez eu tenha encorajado isso.

MARY-ANNE   Todas aquelas mulheres aleatórias.

JACK   Talvez esse seja o meu castigo.

MARY-ANNE   O que você contou a elas sobre sua infância?

JACK   Não comece a me contar o que aconteceu na minha vida.

MARY-ANNE   A história do Michael. Que estúpido, Jack. A porra de um documentário. Esse documentário, o Eoin foi quem mencionou o Michael, despertou a curiosidade dela, deu a ela a porra de uma trilha pra seguir.

JACK   Eu não fazia ideia.

MARY-ANNE   Você ficou totalmente maluco?

MARY-ANNE   Você fazia de tudo. Aquele pouco de emoção que você estava procurando...

JACK   Tudo que você quiser, eu faço. Mas eu não posso ficar sem você e sem o Eoin.

MARY-ANNE   Não somos bons um pro outro.

JACK   Isso não é verdade. Nunca diga isso.

MARY-ANNE   Achei que um bebê traria você de volta para mim.

Ela está chorando. JACK avança em direção a ela; seus braços estão em volta dos ombros dela, suas cabeças e faces se tocam. MARY-ANNE está soluçando e JACK está quase chorando também.

JACK   Toda vez que olho pro seu rosto, eu vejo o dele, como uma sombra atrás do seu. Como se ele estivesse presenciando o que estou fazendo com você.

MARY-ANNE   Que tipo de homem ele seria agora? Eu odeio ele ter nos empurrado um pro outro. Uma promessa no leito de morte não é maneira de começar um caso de amor. Você deveria ter me deixado em paz, você realmente não me queria. Você estava fazendo isso por ele.

JACK   Isso não é verdade! Eu sempre te quis, mesmo quando ele estava com você, eu te queria. Mas o fantasma de um homem morto e a promessa de um homem morto são muito difíceis de honrar.

MARY-ANNE   Eu queria algo diferente. Não apenas sua promessa a ele, mas um comprometimento comigo.

JACK   Era ele que você amava.

MARY-ANNE   Ele presenciou seus dois irmãos morrerem com o mesmo problema. Mais para o final, foi demais. Foi o que ele disse: "É demais. Estou perdendo tudo." Nós éramos crianças. Eu nem mesmo tenho certeza se a gente teve um beijo adequado. Mas eu amava ele. Amava o suficiente pra ajudar ele a se matar.

CENA TREZE

JACK   Havia centenas de rapazes a quem o Michael poderia ter pedido, mas ele viu perversidade em mim. Quando a Mary-Anne e eu ficamos juntos, nos primeiros anos, ela tentou tirar isso de mim, essa dureza. Muitas vezes conversava sobre aquele lugar onde moramos, o que aconteceu com nossos colegas e onde eles estavam agora. Apenas uma ou duas vezes a Mary-Anne me perguntou sobre o orfanato pra meninos. A primeira vez eu me calei. Eu nem mesmo consegui rolar na cama e fingir que estava cansado. Meu corpo simplesmente congelou. Então levantei da cama, fui pra cozinha, abri o uísque, coloquei uma música e esperei o Eoin entrar...

Na segunda vez, ela me disse que estava atrasada e que, dessa vez, ela conseguiria segurar a gravidez. Eu fiquei eufórico... totalmente aberto e emocionado. O Eoin estava deitado aos pés da cama. A Mary-Anne começou querendo saber qual era o pior lugar... o orfanato dos meninos ciganos... ou o outro lugar.

Então o Eoin mencionou o nome dele... me distanciei da Mary-Anne, larguei o corpo dela buscando um espaço para que eu pudesse fazer os dois pararem de falar, mas o Eoin continuou... O cuidador, trinta anos depois, nós dois ainda nos lembrávamos da escala dele, a que horas começava a trabalhar, a que horas terminava, quais dias ele estava de serviço e com que frequência fazia trabalhava no turno da noite... nenhum deles sabia. Meus melhores amigos, a mulher que eu amava, não sabiam que esse cuidador tinha me seguido...

Um dia ele simplesmente apareceu na nossa ala. Ele estava vestindo o Michael... Eu me caguei. A única vez na minha vida em que eu não tive controle sobre meu corpo. Aquele foi o fim da minha infância, o fim da minha liberdade e o fim da minha vida. À noite, ao meio-dia e pela manhã eu ficava planejando de que modo eu não precisaria que ele ficasse perto de mim, garantindo que se eu precisasse de ajuda, outro cuidador faria isso.

Ele tentou acabar comigo, me insultando na frente dos outros rapazes, me dizendo que eu não era nada e que eu nunca seria nada... Naquela época, não sabíamos o que era racismo. Era normal que as pessoas que não fazem parte da comunidade cigana nos tratassem mal e fizessem o que bem quisessem... Depois de uma noitada com o Michael... Nenhum de nós sabia que ele estaria trabalhando naquela noite... Depois do abuso verbal, ele colocou Michael na cama, e então veio até mim... Eu já estava na cama. Ele puxou as cobertas. A única coisa que me lembro de ele ter dito foi: "Você está bêbado, você não vai sentir isso"... Na vez seguinte em que ele estava de serviço, ele me disse que eu era velho demais pro que ele queria...

FIM DA PEÇA.

POSFÁCIO

Cristiane Bezerra do Nascimento

A cultura dos *Travellers*, viajantes ou ciganos irlandeses, é fascinante e complexa. Antes de abordar a tradução das peças *Luvas e anéis* e *Padrão dominante*, gostaria, então, de apresentar o universo dessa minoria étnica para situar o leitor em relação a algumas de minhas escolhas tradutórias.

Os *Travellers* constituem um grupo étnico, originário da Irlanda, que se caracteriza, principalmente, por um estilo de vida nômade, além de conservar tradições, cultura e língua própria, conhecida como *shelta*. Os *Travellers* referem-se a si mesmos como *minkiers*, *pavees*, ou, em irlandês, *lucht siúil*, que significa "aqueles que andam". Trata-se, portanto, de uma minoria étnica com um estilo de vida diferente da sociedade sedentária irlandesa. Aqui, utilizo o termo "sedentário" para referir-me à sociedade que não é nômade, denominada *buffer* pelos *Travellers*. Embora tenham sido reconhecidos como minoria étnica pelo governo irlandês e pelo Reino Unido em 1 de março de 2017, continuam sofrendo discriminação em diversas esferas sociais como nas áreas de saúde e educação. *Luvas e anéis* e *Padrão dominante* são peças que retratam essa realidade.

Ambas as peças incluem personagens em situação de exclusão social, seja sua identidade étnica, seu gênero ou por suas deficiências. Em *Luvas e anéis*, McDonagh traz para o palco a forma como essa minoria é vista pela sociedade sedentária irlandesa e, sobretudo, como a mulher é subjugada em sua própria comunidade *traveller*. Em *Padrão dominante*, a dramaturga mostra questões de inclusão, identidade cultural e assimilação. McDonagh discute o teatro acessível e inclusivo por meio de personagens pensados para serem interpretados por atores com deficiência ou peças bilíngues para serem interpretadas por atores surdos. *Luvas e anéis* traz uma personagem surda, e *Padrão dominante*, personagens que cresceram em lares para pessoas com deficiência.

Assim, ao apresentar *Luvas e anéis* e *Padrão dominante* ao público brasileiro, busco não só abordar a cultura *traveller*, mas também fomentar a apreciação de peças inclusivas. Com o objetivo de destacar aspectos da cultura *traveller*, optei por escolhas tradutórias que transportassem o leitor para o cenário irlandês dos *Travellers*. Logo, referências culturais, como nomes de lugares e nomes dos personagens, foram mantidas conforme a grafia original; já as falas, expressões e idioletos dos personagens receberam uma criação brasileira de modo a trazer para o português do Brasil as sutilezas de linguagem presentes nas peças de McDonagh em inglês. A decisão de manter as características culturais presentes nas peças foi uma forma de respeitar o projeto de escrita da dramaturga em sua luta pelo reconhecimento de sua cultura e seu combate contra a discriminação dos membros de sua etnia. *Luvas e anéis* e *Padrão dominante* me chamaram atenção por sua complexidade. Assim, o processo tradutório trouxe dificuldades culturais e linguísticas, como, por exemplo, a utilização de palavras e expressões idiomáticas que são próprias à linguagem dos *Travellers* e, portanto, incomuns na língua inglesa, e de palavras da língua *shelta*.

O primeiro desafio ao trazer esse universo para o público brasileiro foi a tradução dos títulos das peças. O título faz parte do jogo inicial do conteúdo a ser revelado. *Rings* é um título ambíguo com forte carga simbólica. O título em inglês pode fazer referência tanto ao casamento da personagem Norah, quanto aos ringues das lutas de boxe. Minha primeira opção teria sido manter o título original em língua inglesa. Contudo, acredito que essa opção poderia acarretar perdas aos leitores não falantes de língua inglesa. Embora a palavra em português *ringues* se assemelhe em pronúncia à língua inglesa *rings,* essa opção em português não manteria a ambiguidade presente no título original. Para solucionar essa questão, considerando que o equipamento principal das lutas de boxe é o par de luvas, e que anéis são símbolos tradicionais dos casamentos, optei pelo título *Luvas e anéis* para fazer uma referência tanto ao casamento de Norah quanto às lutas de boxe. O título também traz um tom mais poético à peça e busca transmitir emoções e sentimentos presentes no texto.

Padrão dominante é uma peça com um roteiro complexo. A peça levanta questões sobre inclusão, assimilação, identidade cultural e faz reflexões sobre o conceito de padrão ou corrente dominante na sociedade. De acordo com o Dicionário Cambridge[14], padrão dominante se refere ao que é considerado normal: ideias ou crenças comumente aceitas pelas pessoas. O termo faz referência a atitudes que são compartilhadas pela maioria das pessoas e que são também consideradas convencionais ou normais. Assim, *Mainstream* foi traduzido por *Padrão dominante* com o intuito de manter a carga simbólica do título.

A tradução da palavra *travellers* propriamente dita como ciganos envolveu também bastante complexidade. Os *Travellers* são nômades com cultura e tradições próprias, conforme dito

---

[14] Disponível em: https://dictionary.cambridge.org/dictionary/english/mainstream. Último acesso em 22 nov. 2022.

anteriormente, não popularmente conhecidos no Brasil. Para solucionar a questão e encontrar um termo que pudesse ter semelhança em carga simbólica dentro do contexto cultural e linguístico das peças, pesquisei a semelhança entre a história e a cultura dos povos romani ou ciganos e o estilo de vida nômade dos *Travellers* irlandeses. De acordo com Lourival Andrade Junior (2013), os ciganos, também identificados como *romani, rom* ou *roma,* têm uma história milenar permeada de discriminações e perseguições. As características do grupo de ciganos não são uniformes em todo mundo. Cada comunidade tem sua própria identidade. Os ciganos nunca têm lugar certo para montar seu acampamento e dependem de políticas públicas de inclusão de reconhecimento do nomadismo como cultural.

Segundo Rodrigo Teixeira (2008), os primeiros ciganos que chegaram ao Brasil vieram deportados de Portugal em 1686. Teixeira afirma que os ciganos que vivem no Brasil são estigmatizados e sofrem discriminações pela sociedade sedentária brasileira. No Brasil, o nomadismo cigano ainda é visto como um comportamento relacionado à criminalidade.

A apresentação dos *Travellers,* bem como de sua história, sua língua e sua presença no teatro irlandês, foi feita por Alinne Fernandes, no posfácio à sua tradução da peça *By the Bog of Cats...,* de Marina Carr, com o título *No Pântano dos Gatos...* (2017). Em sua tradução, Fernandes opta pelo termo "cigano" para *tinker,* como também são chamados os *travellers,* de modo a preservar a carga pejorativa do termo em sua tradução: "o termo em português que mais se aproxima da carga simbólica e estigmatizada seria 'ciganos', apesar de o grupo de ciganos que vieram da Europa para o Brasil serem de identidades étnicas distintas" (2017, p. 174). Assim, também optei por traduzir *Travellers* por ciganos, considerando que, embora os povos ciganos e os *Travellers* tenham origens distintas, os ciganos que moram no Brasil também são nômades, possuem tradições culturais próprias, estilo de vida próprio, vivem em trailers ou tendas e sofrem discriminação por parte da sociedade sedentária brasileira. Além disso, a tradução do termo *travellers* para ciganos se justifica pelo fato de a palavra estar relacionada ao ambiente cultural brasileiro, pela identificação dos ciganos como povos nômades e pela compreensão de nomadismo por parte do público brasileiro em sua carga simbólica.

Em ambas as peças, a autora também utiliza palavras da língua *shelta*, como, por exemplo, a palavra *beoir*. De acordo com o artigo do *The Daily Edge*[15], que trata de gírias irlandesas, *beoir*, com variantes como *beor* ou *beure,* é uma palavra originária da língua *shelta* que significa mulher ou menina atraente. Optei pela manutenção do termo *beoir* devido à importância da língua *shelta* para o contexto da peça. Entendo que o termo causa estranhamento inicial para o público brasileiro e que uma explicação é necessária para a recriação da peça em português, visto que seria estranho também a um público irlandês não-falante da língua *shelta*.

O próximo termo que destaco é *halting sites*, lugar onde moram os personagens de *Luvas e anéis*. *Halting sites* são como as moradias *travellers* são popularmente chamadas. Trata-se de acampamentos à beira das estradas, onde os membros dessa minoria étnica estacionam suas pequenas caravanas (ou trailers) em contraste direto com as pessoas sedentárias na sociedade irlandesa. Wickstrom (2012) menciona que os *halting sites* são vários trailers reunidos em um local que normalmente é árido

---

[15] Disponível em em: https://www.dailyedge.ie/irish-slang-origins-1468945-May2014/. Último acesso em 22 nov. 2022.

e isolado. Wickstrom também aponta que nessas instalações podem ou não existir pequenas estruturas de concreto que podem acomodar uma cozinha e banheiro. A primeira opção para a tradução do termo *halting sites* seria a palavra *acampamento*. O dicionário Priberam da língua portuguesa[16] define acampamento como: 1) ato de acampar; 2) terreno onde há tendas de campanha ou barracas para alojamento provisório de pessoas; 3) reunião de indivíduos acampados. Essa opção, entretanto, foi descartada, pois *acampamento* nos remete à ideia de uma tenda ou barraca utilizada como improviso. O Dicionário Online de Português[17] define a palavra *camping* como "[l]ocal que se destina a essa prática, incluindo o terreno para o acampamento, lugares destinados à higiene pessoal, cozinha etc". Assim, o termo *camping* nos oferece uma ideia mais abrangente que remete a instalações básicas de cozinha e banheiros que pode ou não incluir vários tipos de estadia e não apenas barracas, como também trailers, casas e áreas de campos com ou sem eletricidade, assim como os *halting sites*.

Em *Padrão dominante* os personagens se referem aos que não fazem parte da comunidade *traveller* como *settled* ou sedentários, em uma tradução literal. Apesar de sedentário ser o termo utilizado pelos *Travellers* para se referir àqueles que não pertencem a comunidade *traveller*, optei por traduzir para *não ciganos*. Essa escolha se justifica pelo fato que, quando associado a *pessoas*, o termo sedentário provavelmente remeterá o leitor brasileiro imediatamente à falta de exercícios físicos ou inatividade corporal.

---

[16] O dicionário Priberam é um dicionário de português contemporâneo que possui cerca de 133.000 entradas lexicais e inclui locuções e fraseologias. Disponível em: https://dicionario.priberam.org/acampamento Último acesso em 22 nov. 2022.

[17] O Dicionário online de português, também conhecido como Dicio, é um dicionário de português contemporâneo. Disponível em: https://www.dicio.com.br/ Último acesso em 22 nov. 2022.

Nas traduções das peças, também optei por incluir as marcas de oralidade de uma linguagem coloquial tanto para que o texto soasse o mais natural possível quanto para criar o efeito ilusório de que o texto é uma fala de uma pessoa no português brasileiro (BRITTO, 2012). *Luvas e anéis* e *Padrão dominante* foram originalmente escritas com uma linguagem informal. McDonagh utilizou as contrações da língua inglesa nas formas verbais e também utilizou termos coloquiais. Para expressar a coloquialidade em *Luvas e anéis* e *Padrão dominante,* utilizei a contração de preposições com os artigos que também fazem parte do grupo de marcas de oralidade fonéticas, as marcas de oralidade que são restritas ao português coloquial falado, como, por exemplo, a utilização da partícula expletiva *aí* e, finalmente, as marcas de oralidade morfossintáticas, como, por exemplo, a utilização do pronome pessoal do caso reto, em vez do oblíquo, como objeto direto.

Meu interesse pela dramaturgia irlandesa — em especial, pelas peças de Rosaleen McDonagh —, bem como pelos *Travellers* irlandeses, surgiu na disciplina de Estudos Irlandeses, "Where Irish history and theatre meet: from melodrama to documentary", lecionada pela Profffi Drffi Beatriz Kopschitz Bastos, no Programa de Pós-Graduação em Inglês da Universidade Federal de Santa Catarina, no primeiro semestre de 2019. O trabalho final que escrevi para a disciplina foi, posteriormente, apresentado na IV Jornada do Núcleo de Estudos Irlandeses da UFSC, no segundo semestre de 2019. Durante o ano seguinte, o trabalho passou por um processo de amadurecimento e resultou em minha dissertação de mestrado em Estudos da Tradução: "Rosaleen McDonagh para o público brasileiro: uma tradução comentada de *Rings*", no Programa de Pós-Graduação em Estudos da Tradução da UFSC, sob a supervisão da Profffi Drffi Alinne Balduino Pires Fernandes, em 2021. Em seguida, dei continuidade aos estudos sobre a cultura *traveller* com o artigo "Aspectos culturais presentes na tradução de *Rings* para o português brasileiro", publicado em coautoria com a Profffi Drffi Alinne B. Pires Fernandes e a Profffi Drª Beatriz Kopschitz Bastos, na *Revista Linguagem & Ensino* do Programa de Pós-Graduação em Letras da Universidade Federal de Pelotas.

Esta tradução busca romper com o comum. Procuro apresentar essa fascinante minoria étnica ao público brasileiro e mostrar suas tradições culturais e a luta de McDonagh no combate ao preconceito sofrido por ela na sociedade sedentária. Além disso, pretendo não apenas apresentar ao leitor uma cultura desconhecida, mas também fomentar o teatro acessível.

REFERÊNCIAS

ANDRADE JUNIOR, Lourival. Os ciganos e os processos de exclusão. *Revista Brasileira de História*. São Paulo, v. 33, n. 66, jul./dez.2013. Disponível em https://www.scielo.br/scielo.php?script=sci_arttext&pid=S0102-01882013000200006&lng=pt&tlng=pt Acesso em 20 abril 2023.

BRITTO, Paulo H. *A tradução literária*. Rio de Janeiro: Civilização Brasileira, 2012.

CARR, Marina. *No Pântano dos Gatos...* Tradução de Alinne Balduino P. Fernandes. São Paulo: Rafael Copetti Editor, 2017.

FERNANDES, Alinne Balduino P. Posfácio. *In*: CARR, Marina. *No Pântano dos Gatos...* Tradução de Alinne Balduino P. Fernandes. São Paulo: Rafael Copetti Editor, 2017, pp. 169-178.

MCDONAGH, Rosaleen. *Unsettled*. Dublin: Skein Press, 2021.

TEIXEIRA, Rodrigo C. *História dos ciganos no Brasil*. Núcleo de Estudos Ciganos. Recife, 2008. Disponível em: http://www.dhnet.org.br/direitos/sos/ciganos/a_pdf/rct_historiaciganosbrasil2008.pdf. Acesso em 23 abril 2023.

WICKSTROM, Maurya. Introduction to Rosaleen McDonagh's *Rings* (2012). *In*: MCIVOR, Charlotte; SPANGLER, Mattew. (ed.) *Staging Intercultural Ireland: New Plays and Practitioner Perspectives*. Cork: UP, 2000.

CRONOLOGIA DA OBRA DE
ROSALEEN MCDONAGH

COLETÂNEA DE ENSAIOS

2021 — *Unsettled*

PEÇAS (data da primeira produção)

2003 — *The Baby Doll Project*
2007 — *Stuck*
2010 — *Rings*
2016 — *Mainstream*
2018 — *Running Out of Road*
2021 — *The Prettiest Proud Boy*
2021 — *Walls and Windows*

PEÇAS PARA RÁDIO

2012 — *She's Not Mine*
2023 — *I'm Not your Knacker*

CURTA

2023 — *Contentious Spaces*

SOBRE A ORGANIZADORA

BEATRIZ KOPSCHITZ XAVIER BASTOS é membro permanente do Programa de Pós-Graduação em Inglês e Vice-coordenadora do Núcleo de Estudos Irlandeses da Universidade Federal de Santa Catarina. Compõe o Ulysses Council no MoLI — Museum of Literature Ireland —, em Dublin, e a diretoria executiva da IASIL — International Association for the Study of Irish Literatures. É graduada em Letras pela Universidade Federal de Juiz de Fora, mestre em Inglês pela Northwestern University e doutora em Estudos Linguísticos e Literários em Inglês pela Universidade de São Paulo. Desenvolveu duas pesquisas de pós-doutorado na Universidade Federal de Santa Catarina, nas áreas de teatro e cinema irlandês. Foi pesquisadora em University College Dublin, University of Galway e Trinity College Dublin. Suas publicações, como coeditora e organizadora, incluem: *Ilha do Desterro 58: Contemporary Irish Theatre* (2010); a série bilíngue A Irlanda no cinema: roteiros e contextos críticos — *The Uncle Jack / O Tio Jack*, de John T. Davis (Humanitas, 2011), *The Woman Who Married Clark Gable / A mulher que se casou com Clark Gable,* de Thaddeus O'Sullivan (Humanitas, 2013), *The Road to God Knows Where / A Estrada para Deus sabe onde,* de Alan Gilsenan (EdUFSC, 2015) e *Maeve,* de Pat Murphy (EdUFSC, 2022); Coleção Brian Friel (Hedra, 2013); Coleção Tom Murphy (Iluminuras, 2019); *Ilha do Desterro 73.2: The Irish Theatrical Diaspora* (2020); e *Contemporary Irish Documentary Theatre* (Bloomsbury, 2020). É diretora da Cia Ludens, com Domingos Nunez, e foi cocuradora da exposição *Irlandeses no Brasil,* realizada pelo Consulado Geral da Irlanda, na Biblioteca Nacional no Rio de Janeiro, em 2023.

SOBRE A TRADUTORA

CRISTIANE BEZERRA DO NASCIMENTO é tradutora, mestre em Estudos da Tradução pela Universidade Federal de Santa Catarina, bacharel em Tradução pela Universidade Federal da Paraíba e bacharel em Direito pelo Centro Universitário de João Pessoa. É coautora de "Aspectos culturais na tradução para o português de *Rings*, de Rosaleen McDoangh", com Alinne Balduino P. Fernandes e Beatriz Kopschitz Bastos, na *Revista Linguagem & Ensino*, v. 25, n. 1 (2022); "O uso dos pronomes "nós" e "we" e a construção de identidades coletivas no corpus paralelo *Grande sertão: veredas/The devil to pay in the backlands*, com Daniel Antonio de Souza Alves, na *Revista Belas Infiéis*, v. 6, n. 1 (2017); e "The Fortuneteller: relato de experiência em prática de tradução em língua inglesa", com Priscilla Thuany C. F. da Costa, na *Revista Cultura e Tradução*, v. 5, n. 1, (2017). Publicou a tradução *The gift of Magi*, de O. Henry, na *Revista Qorpus*, v. 9, n.2 (2019), a tradução *The purple jar*, de Maria Edgeworth, na *Revista Qorpus*, v. 9, n.2, (2019), ambas com Natália Elisa Lorensetti Pastore, e a tradução do conto "A cartomante", de Machado de Assis, para a língua inglesa, como "The fortuneteller", com Elusio Brasileiro Alves de Lima, Ian Dionisio Barboza, Jarly Barbosa Caxias de Araujo, Maximiliano José da Silva e Priscilla Thuany C. F. da Costa, na *Revista Cultura e Tradução*, v. 5, n.1 (2017). É autora da resenha "Marina Carr no Brasil: uma resenha de *No Pântano dos Gatos...*", na *Revista Qorpus*, n. 30 (2019).

Este livro foi publicado com o apoio de

 Government of Ireland
Emigrant Support Programme

 Ambasáid na hÉireann | An Bhrasaíl
Embassy of Ireland | Brazil
Embaixada da Irlanda | Brasil

 Ard-Chonsalacht na hÉireann | São Paulo
Consulate General of Ireland | São Paulo
Consulado-Geral da Irlanda | São Paulo

 UFSC

 Núcleo de Estudos Irlandeses

CADASTRO
ILUMI*URAS

Para receber informações
sobre nossos lançamentos e
promoções envie e-mail para:

cadastro@iluminuras.com.br

A *Iluminuras* dedica suas publicações à memória de sua
sócia Beatriz Costa [1957-2020] e a de seu pai Alcides
Jorge Costa [1925-2016].